〔德〕赫尔曼·黑塞 著

张佩芬 译

Hermann Hesse

SIDDHARTHA

译者寄语：

《悉达多》有一个开放性结局，也即中国人所谓“不了了之”。悉达多最终只是渡船夫，戈文达也没有脱下僧袍改换门庭。历史事实也正是如此。此书问世后四十年，黑塞八十五高龄了，还在研习东方的宗教思想，还徘徊在表象和实质之间：“你凝想——于是世界唯有表象。/你凝想——于是世界又变成实质。”他学习到的“道”是河水永恒“往下走”的品质，利万物而不争的品质。在黑塞的笔下，华苏德瓦是人格化的“道”，而河水则是“道”向非人的化身。黑塞说：“双极化意味着一种尺度。我经常汲饮这一源泉以丰富自己。”又说：“我把自己的信仰写成了一本小说，这本书就是《悉达多》。”

译者 张佩芬

2020.8.21

《悉达多》有一个开放性结局，也即中国人所谓"不了了之"。悉达多最终只是渡船夫，成了道也没有脱下僧袍，改换门庭。历史事实也正是如此。此书问世后四十年，黑塞八十五寿终了，还在研习东方的宗教思想，还徘徊在悉达多和家庭之间："你凝视——于是世界唯有悉达多。/你凝视——于是世界又变成家庭。"他学习到的"道"是河水永恒"往下走"的品质，利万物而不争的品质。在黑塞笔下，瓦苏德瓦是人格化的"道"，而河水则是"道"的非人的化身。作家说："以水设比意味着一种态度。我经常汲饮这一源泉以丰富自己。"又说："我把自己的修行写成了一本小说，这本书就是《悉达多》。

译者张佩芬

赫尔曼·黑塞

目 录

第二部

悉达多

献给我敬爱的朋友罗曼·罗兰

第一部

婆罗门之子

悉达多，这个英俊的婆罗门[1]之子，是在屋舍的阴影里、在阳光下河滩边的小船中、在娑罗树和无花果树的浓荫下长大的，这只年轻的鹰是和他的好友戈文达——另一个婆罗门之子——一起长大的。当他在河岸边、在沐浴、在神圣的洗礼与献祭时，阳光晒黑了他浅色的肩膀。在杧果树下，在孩童的游戏中，在母亲的歌谣里，在神圣的献祭时，在聆听父亲和导师的教诲时，在和

〈1〉 婆罗门：印度社会等级制度中的等级之一。多为祭司和学者，掌管知识和神与人的沟通，有着最崇高的地位，属于贵族阶级。

智者谈话时，他那双乌黑的眼睛里常常会流露出一抹阴影。悉达多早已加入智者们的谈话，他和戈文达一起练习辩论，练习静观，练习冥想。他早已懂得如何无声地念诵“唵[1]”，这是一个意义深刻的字，他不出声地吸一口气，说出这个字；又不出声地呼一口气，说出这个字。他集中了所有的精神念诵，额头上闪现着纯净的灵魂之光。他早已懂得如何在心灵深处掌握阿特曼[2]，使自己不朽，使自己和宇宙合一。

有这样一个儿子，父亲的心里充满了快乐，看着儿子一天天成长，期望他以后成为一个有教养的人、一个渴求知识的人、一个伟大的哲人和僧侣，总而言之，是婆罗门中的一个贵族。

当母亲看到儿子的时候，看着他走路、坐下、站立的时候，胸中就涌动着一种狂喜。悉达多，这个双腿修长、以完美的仪态向她致意的年轻人，是最强壮、最美丽的孩子。

年轻的婆罗门姑娘的心为爱情所搅动、扰乱，因为她们看见悉达多走过城里的大街小巷，看见他那闪光的额头、炯炯有神的眼睛和瘦削的腰身。

〈1〉 唵（Om）：印度婆罗门教中祈祷时的一个音节，
本身并无意义的音节，
却是婆罗门教神秘学说的象征。

〈2〉 阿特曼（Atman）：印度婆罗门教中一种宗教意境的称呼，
是最内在的自我或灵魂。

但他的朋友婆罗门之子戈文达，比所有人都更爱他。他爱悉达多的眼睛和温柔的声音，爱悉达多的步态和举手投足间完美的风采，爱悉达多的一切言行，而最爱的是悉达多的灵魂，那高贵的、热烈的思想，以及那些炽热的愿望和崇高的使命。戈文达明白，这个人将来不会是一个平庸的婆罗门教徒，不会是一个腐败的小官员，不会是一个只会诵念咒语的贪心商人，不会是一个自命不凡、空话连篇的演说家，不会是一个诡计多端的僧侣，当然更不会是畜群里一只善良而愚蠢的绵羊。不会的，就连他戈文达，也不愿意成为这其中任何一类人，不想成为成千上万个这样的婆罗门中的一个。他愿意追随悉达多，这个最可爱、最美丽的人。当悉达多有朝一日成为一个神，终于达到大光明境界时，戈文达也将自愿追随他而去，做他的朋友、他的伴侣、他的仆人、他的随从、他的影子。

他热爱悉达多的一切。他乐意为悉达多干一切事，一切都令他兴趣盎然。

但是悉达多不快乐，内心很不满足。他在无花果园的玫瑰小径上漫步，在蓝色的树荫下小憩，眺望四周，按日在赎罪池中为自己的身体做例行的洗涤，在杧果树的浓荫下进行献祭。他的举止、体态优美无比，他为所有的人所爱，给所有的人以快乐，然而他自己的内心没有丝毫快乐。他做了许多梦，不知疲倦地思考，从那流逝不停的河水、熠熠闪光的星星、一束束太阳的光线中，获得了许多许多的梦；他从献祭仪式、《梨俱吠陀》[1]的诗句、婆罗门老人的教诲中，感到了灵魂深处的不安。

悉达多开始感到不满足。他感觉到，父亲的爱、母亲的爱，甚至好友戈文达的爱，并非永远也并非任何时候都能使他幸福、平静、餍足和满意。他预感到，尊敬的父亲和其他导师，这些聪明的婆罗门已经把大多最好的智慧都传给了他，把知识统统注入了他那充满期待的容器，但是这个容器并没有盛满，精神并没有满足，灵魂并不安宁，这颗心也并没有平静。洗礼当然很好，但终究是水，不可能洗去罪孽，不可能治愈精神上的渴求，不可能解救心灵的恐惧。献祭仪式和神灵召唤当然是极好的事，但这能代替一切吗？献祭能不能带来幸福？而神灵又能有什么作为呢？世界果真是生主[2]所创造的吗？阿特曼果真独一无二，是宇宙之总和吗？难道塑造神灵的形象和塑造你我的形象完全不同，并不受时间的约束，并不是暂时的吗？向神灵献祭是好事，是正确的事，是一种充满意义而至高无上的行动吗？除去神灵，除去独一无二的至上的阿特曼，还可以向别的什么献祭，向别的什么表示

〈1〉 婆罗门教、印度教最古老的经典。
约公元前2000年至公元前1000年成书。
用古梵文写成，主要是对神的赞歌、祭词、咒词等，流传于印度西北部。
最古老的《吠陀本集》有四部,《梨俱吠陀》是其中一部，
其他三部分别是《娑摩吠陀》《耶柔吠陀》《阿闼婆吠陀》。

〈2〉 印度神话中对创造之神的一种称谓。

崇敬吗？何处可以找到阿特曼，它住在哪里，永恒的心在何处搏动？在最内在的、最不可摧毁的自我中，还可能存在其他什么每个人都具备的吗？但在何处可以找到这个自我，这个最内在、最后的自我呢？它不是肉体或骨头，也不是思想或意识，这是那些智者所开导他的。但是智慧在何处，究竟在何处呢？如何才能渗入自我、渗入阿特曼呢？是否存在另一条道路，值得去探索呢？天哪，没有人可以指点这条道路，没有人能够开导他，不论是父亲、导师、智者，还是献祭时的赞美歌曲！这些婆罗门和他们神圣的书籍知道一切；他们知道一切，以便照管一切，甚至远远超过这些，他们还知道世界的创造过程，知道如何演讲、进食、呼吸，知道思想意识的规律以及神的事迹——他们所知道的东西简直无穷无尽。但是，如果人们唯独不知道那独一无二的、仅有的重要东西，那么知道世界上所有的一切又有什么价值呢？

的确，神圣的书籍中有无数诗句，尤其是在《娑摩吠陀》里，提到了这些最内在的、最后的东西，真是一些美丽的诗句。其中写着："你的灵魂便是整个世界。"还写着，人们睡觉时，在深深入眠时，便进入自己最深的内在，便居留于阿特曼之中。这些诗句蕴含着惊人的智慧，世界上最聪明的人的一切知识都汇集在这里，成为有魔力的语言，纯粹得好像蜜蜂收集的蜂蜜。不能小看多少代智慧的婆罗门所收集和保存在这里的巨大的知识财富，绝不能小看。但有没有哪个婆罗门、哪个僧侣、哪个智者或忏悔者达到了如下目的：不仅懂得这些最深刻的知识，而且靠它生存？有谁能将沉浸于阿特曼中的人从入魔似的睡眠中唤醒，从言语和行动中融入生活？悉达多认识许多可敬的婆罗门，首先是他的父亲，一个最纯粹、有学问、德高望重的长者。父亲是令人钦佩的，他的举止沉稳而高贵，他的生活简朴，他的语言优美，他的头脑里有着无数明智、高尚的思想。——即使如此，这个知识如此丰富的人、生活在幸福中的人，他是满足的吗？他不也是一个探索者、一个渴求者吗？他不也是要一再返回圣泉，像一个饥渴已久的人痛饮，从献祭礼中、从书籍中、从婆罗门那些变化多端的演说中使劲汲取养料吗？为什么他这个无可非议的人必须每天忏悔，必须每天净身，必须每天自我更新？难道阿特曼不在他身上，难道古老的源泉没有流经他的心？人们必须找到这个源泉。在自我身上找到这个源泉，人们必须让它为自己所有！其他的都只是探寻、弯路和歧途。

悉达多如此思考，这就是他的渴求、他的烦恼。

他常常高声诵读《韵律学·吠陀支》[1]里的名言："毫无疑问，婆罗门这个名字便是真理——谁懂得这些，谁就日日得入天国之

〈1〉 婆罗门教的附属经典。
从属于《吠陀》的六类书，多半是经体，即便于记诵的歌诀。
这六类书包括：（1）劫波经（祭祀、礼仪）；（2）式叉（语音学）；（3）语法；（4）尼禄多（语源学）；（5）韵律学；（6）天文学。

门。”悉达多常常觉得自己已经接近，但从不曾真正到达，从未能满足自己最后的渴望。所有的圣人和智者，凡是悉达多所熟识并从他们身上汲取智慧的人，并无一人完全达到了这个世界，彻底消除永恒的渴望。

“戈文达，”悉达多对他的朋友说，“戈文达，亲爱的，和我一起到榕树下去，我们该练习冥想了。”

他们一起坐到榕树下，悉达多在这边，戈文达距离他二十步远。当他们坐好，一切都准备就绪，便开始念“唵”。悉达多喃喃地重复念着几句：

唵是弓，灵魂是箭，
婆罗门便是箭矢之的，
人们为达目的百折不挠。

当正常的禅定时间结束，戈文达站起了身子。黄昏已经降临，正是进行晚间沐浴的时刻。他呼唤悉达多的名字，悉达多却没有回答。悉达多坐着出了神，双目呆呆地凝视着某个非常遥远的目标，舌尖略略伸出，在两排牙齿的中间，似乎已经停止了呼吸。他坐着，被沉思所笼罩，默诵着“唵”，灵魂已成为箭矢射向了婆罗门。

曾经有几个沙门途经悉达多所在的城镇，他们是去朝拜圣地的苦行僧，一行三人。他们消瘦而憔悴，既不老迈也不年轻，风尘仆仆，肩膀带着血迹，身体几近赤裸，皮肤被太阳晒得焦黑。他们生活在孤独之中，对世界既陌生又敌视，像是人世间的陌生人和瘦骨嶙峋的狼。他们身后吹来一阵炽热的气息，由沉默的激情、艰辛的磨炼、无情的自我修行所形成的气息。

黄昏时，在做完例行禅定的功课后，悉达多对戈文达说："我的朋友，明天一早，悉达多便要加入沙门的行列。他要成为一个沙门。"

戈文达顿时脸色发白，他听到了悉达多的话，同时在自己朋友不动声色的脸上看出了一种决心，一种如离弦的飞矢似的不可偏转的决心。戈文达一眼就看清：事情开始了，如今悉达多将要走上他自己的路，他的命运萌发了新芽，而自己把命运和他联系在了一起。于是，戈文达的脸色苍白得像干枯的香蕉皮。

"噢，悉达多，"他叫道，"你父亲允许吗？"

悉达多如梦初醒地朝朋友望了望。他一眼就看透了戈文达的内心，看出了他的恐惧和懦弱。

"噢，戈文达，"他轻轻说道，"我们不要白费唇舌了。明日天一亮，我就要开始自己的沙门生活。请不必再说什么了。"

悉达多走进屋里，他的父亲正坐在一张麻织的席子上。他走到父亲身后，站了好一会儿，直到父亲感到有个人站在背后。这个婆罗门问道："是你吗，悉达多？请说吧，你想和我说什么？"

悉达多说："我要得到您的允许，我的父亲。我是来告诉您，我想明天早晨离开家，去过苦行僧的生活。我要当一个沙门，这就是我的请求。但愿我的父亲不反对我这么做。"

这个婆罗门一声不吭，沉默了很久，直到小小的玻璃窗上出现了不断变化的星星，房间里的沉默才告终。儿子交叉着胳膊，一动不动地默默站在那里，而父亲也一动不动地默默坐在席子上，只有星星在天空中移动着位置。这时，父亲说道："婆罗门是不善于讲那些愤怒而激烈的话的，但是我心里很不满。我不愿意从你嘴里第二次听见这个请求。"

这个婆罗门缓慢起身，悉达多仍然交叉着胳膊一动不动。

"你还在等什么？"父亲问。

悉达多回答："您知道我在等什么。"

父亲怒气冲冲地走出房间，愤愤地摸到床前躺下。

一个小时过去了，这个婆罗门的眼睛仍然睁着，毫无睡意。他从床上爬起来，在房间里踱来踱去，后来走出房间。他透过小房间的窗户往里看，看见悉达多仍然交叉双臂站在那里，一副不可动摇的模样，浅色的上衣闪烁着苍白的光。父亲心里很不平静，又回到了房间。

又一个小时过去了，婆罗门仍是一点睡意都没有，他又从床上爬起来，在房间里来回踱步，然后又走出房间，仰望着升起的月亮。他再次透过小房间的窗户往里看，看见悉达多还是双臂交叉地站在那里，月光照亮了他赤裸的脚踝。父亲心里忧虑重重，又摸索着回到房间。

一个小时后他又这么重复了一遍，再过一个小时又重复一遍。他透过小小的窗户，看见悉达多仍然站着，在月光下，在星光下，在无边的夜色里。一个小时又一个小时过去了，他沉默无言，望着房间里，望着那不可动摇地站着的人，心里充满了愤怒，充满了不安，充满了恐惧和痛苦。

在天亮前的最后一个小时，他再次走进房间，看着站在自己面前的年轻人，觉得儿子长高了，变得陌生了。

“悉达多，”他说，“你还在等什么？”

“您知道我在等什么。”

“你想一直站着等到天亮，等到中午，等到晚上？”

“我要一直站着，一直等着。”

“你会累坏的，悉达多。”

“我是会累坏的。”

“你得去睡觉，悉达多。”

“我不去睡觉。”

“你会死的，悉达多。”

“我是会死的。”

“你宁愿去死，也不愿听从父亲的话？”

“悉达多永远听从父亲的话。”

“那么你还不想放弃自己的打算吗？”

“悉达多将要按照他父亲告诉他的话去做。”

熹微的晨光照进房间。婆罗门看到悉达多的膝盖在微微颤抖，但他的脸仍显得那样坚毅，一双眼睛注视着远方。这时，父亲意识到悉达多已经不在身边，已经不在家乡的土地上，他已经离开父亲和家乡了。

父亲抚摸着悉达多的肩膀。

他说：“你要到林中去，你想成为一个沙门。如果你在林中找到了极乐，那么就回来把极乐传授给我。如果你只是找到了失望，那么就回来让我们一起向诸神献祭。你现在走吧，去和母亲吻别，告诉她将去往何处。现在正是我去河边的时候，我要去做今天的第一次沐浴。”

他抽回搁在儿子肩上的手，向外面走去。悉达多身子摇晃了一下，似乎也要往外走。但他强忍着不去追随父亲，而是按照父亲的吩咐去向母亲告别。

当他在初升的阳光下迈动僵硬的双腿，慢慢离开这座仍然静谧的城镇时，在城外的一间茅舍外，有一个蹲着的人影朝他直起身来，他认出这个朝圣者——正是戈文达。

“你来了。”悉达多说道，同时微微一笑。

“我来了。”戈文达回答。

与沙门同行

当天傍晚时分，他们追上了那些苦行僧，向那些枯瘦的沙门请求同行并表示愿意听从教导。他们被接纳了。

悉达多把自己的漂亮衣服送给了路边一个穷苦的婆罗门。他只用一条带子当作遮羞布，身披一件没有缝边的暗褐色大斗篷。他每天只进食一次，而且是未经烹调的食物。随后，他斋戒了十五天，然后又斋戒了二十八天。他脸上和腿上的赘肉逐渐消失，那双越来越大的眼睛里闪烁着炽热的幻想，那枯瘦的手指上长出长长的指甲，下巴上的胡子也显得干枯而蓬乱。当他遇见女人时，目光变得冷冰冰的；当他穿过城镇，看见那些衣着华丽的人时，嘴角轻蔑地一撇。他看见商人们做生意，贵族们外出狩猎，服丧者为死人大声号哭，妓女出卖色相，医生诊治病人，僧侣为播种选定吉日良辰，情人们相亲相爱，母亲们抚拍自己的小宝贝——然而，这一切在他眼里毫无意义，一切都是欺骗，散发出谎言的恶臭，臭气熏天。一切都是假象，人们却装出似乎有意义、很幸福、很美好的样子，实际上全在无可奈何地腐烂变质。世界是苦涩的。生活是痛苦的。

悉达多只有唯一的目标：摆脱一切，摆脱渴望，摆脱追求，在摆脱了一切的心里找到安宁，在消失了自我的思想里等待奇迹。倘若自我在一切中消失不见，倘若自我已经消亡，倘若每一种追索和探寻的欲望在心中俱已沉寂，那么最后的、最内在的本质便会觉醒，这不再是自我，而是那个神圣秘密了。

悉达多默默地站在烈日下，忍受着痛苦和干渴的煎熬。他就这样站着，直至自己不再感觉痛苦和干渴。雨季时，他默默站在雨中，任凭雨水从他的头发往下滴落到冻僵的肩膀，滴落到冻僵的腰上和腿上。这个悔罪者站着不动，直至肩膀和双腿不再感到寒冷，变得麻木，不能动弹。悉达多默默地蹲在荆棘丛里，灼痛的皮肤里流出了鲜血，溃烂的伤口流出了脓水，而他依旧神情木然地蹲着，纹丝不动，直至鲜血不再流淌，直至没有刺伤感，直至没有灼痛感。

悉达多直挺挺地坐着，学习如何减少呼吸的次数，学习如何稍稍呼吸便可维持生命，学习如何停止呼吸。他还学习如何让自己一开始呼吸就心跳逐渐平缓，学习如何尽量减少心跳的次数，减少到极限，直至几乎完全没有。

在那位最年长的沙门的教诲下，悉达多遵照新的沙门戒律，学习如何自我解脱、如何禅定。一只苍鹭飞过竹林上空，刹那间，悉达多把自己的灵魂与苍鹭合为一体，化身为一只苍鹭，飞翔在树林和群山之上，吞食鲜鱼，他具有苍鹭的饥饿感，发出苍鹭般的叫声，像苍鹭一样死去。一只已经死了的豺狼躺在沙滩上，悉达多让自己的灵魂潜入这具尸体，于是他成为一只死豺狼，躺卧在沙滩上，逐渐膨胀、发臭、腐烂，被鬣狗撕得粉碎，被兀鹫剥去外皮，逐渐化为残骸，化为尘土，被风吹散在旷野中。悉达多的灵魂经过死亡、腐烂、化为尘土后，又重新返回，他品尝到了轮回的阴郁滋味，像一个猎手似的怀着新的渴望冲出缺口，以逃脱这种轮回，找到事由的结局，开始无忧的永恒境界。他杀死自己的意识，毁灭自己的回忆，让自我潜入上千种陌生的身体，他是动物，是尸体，是石块，是木头，是流水。但每一回他都会惊醒过来，时而在阳光下，时而在月光下，还是他自己，在轮回中摇摇摆摆，感觉到渴望，克服了渴望，又感觉到新的渴望。

悉达多从沙门那里学到了很多东西，学会了许多脱离自我的法门。他经历了痛苦，经历了自愿受罪，克服苦恼、饥饿和渴望之后，走上一条摆脱自我的道路。他通过冥想，消除所有的幻象，走上一条摆脱自我的道路。他学会了走这一条道路和另一条道路，成百上千次脱离自我，让自己在无我中停留几个小时甚至几天之久。尽管这条道路使他远离自我，但终点终究是回到自我。尽管悉达多千万次逃离自我，停留在虚无之中，停留在野兽和石块之中，回归仍然是不可避免的，他无法摆脱这一重新找回自己的时刻，不论在日光下还是在月光下，不论在树荫里还是在大雨中，他再度找回自我，找回悉达多，重新感受经历过的轮回的痛苦。

戈文达生活在他身边，仿佛是他的影子，和他走过同样的道路，经受着同样的磨难。除了谈论修行或献祭，他们很少交谈其他事情。两人有时候为自己，也为他们的导师，一起走街串巷乞讨食物。

“戈文达，你有什么想法？”有一次，在乞讨的途中，悉达多问他的朋友，“你认为我们是否已经走得够远？我们到达目标了吗？”

戈文达答道：“我们学习了很多，还要继续学习。悉达多，你会成为一个伟大的沙门。你迅速学会了每一种苦修的法门，那位年长的沙门经常对你称赞。总有一天，你会成为圣人的，悉达多。”

悉达多道：“我的朋友，我并不这么认为。这些日子和几个沙门待在一起，我学到了一点东西。噢，戈文达，这是因为我有能力学习得如此迅速而利落。我的朋友，如果我待在妓女云集的小酒店里，生活在马车夫和赌棍中，我也能学到很多。”

戈文达说：“悉达多，你在和我开玩笑吧？你是如何禅定的，你是如何屏息敛气的，你是如何忍受饥饿和痛苦的，这些难道能从这些可怜的人那里学会吗？”

悉达多像自言自语似的轻声说道：“什么是禅定？什么是脱离肉身？什么是斋戒？什么是屏息敛气？这是想要逃离自我，这是一种对自我存在的苦恼的短暂摆脱，这是一种对抗痛苦和生活的虚无的短暂麻醉。一个牧牛人可以在小客栈里找到同样的摆脱，只要他喝上几碗米酒或发酵过的椰子牛奶，便不再有自我存在的感觉，不再感觉到生活的苦恼，而找到短暂的麻醉。那个牧牛人喝过几碗米酒后，在微睡状态中所寻得的东西，正是悉达多和戈文达找到的东西，他们是通过长期摆脱自己的肉身的苦修，通过逗留在非我状况中才取得的。噢，戈文达，事实便是如此。”

戈文达接着说道：“噢，朋友，这是你的说法，但是要知道，悉达多并不是牧牛人，一个沙门也并不是一个酒鬼。喝醉酒的人可以找到麻醉，可以找到短暂的摆脱和休息，但是当他从幻觉中醒来时，就会发觉一切还是老样子，他并没有变得更聪明，并没有积累什么知识，也并没有让自己进入更高的境界。”

悉达多笑着说：“我不知道你说得对不对，因为我没有醉过。但是我，悉达多，从苦修和禅定中找到的仅有的那些极短暂的麻醉中知道，自己距离智慧、距离解脱仍然十分遥远，就像一个尚未脱离母体的婴儿。我知道的，噢，戈文达，我知道的。”

后来又有一次，悉达多和戈文达一起离开树林走进村子，为他们的导师和师兄弟乞讨食物时，悉达多又开始谈到这个问题，说道：“怎么样，戈文达，我们的道路是否正确？我们也许已经更接近智慧了？我们也许已经更接近解脱了？或者我们只是在兜圈子——而我们，还自认为正在脱离这种轮回？”

戈文达说道：“悉达多，我们已经学到了很多，还有很多正等待我们去学习。我们并没有兜圈子，我们正在往上走，这个圆圈是螺旋形的，我们已经上了好几级台阶。”

悉达多回答说：“你可知道，我们那位最年长的沙门，我们尊敬的导师，现在多少岁了？”

戈文达说：“我们这位导师大概六十岁吧。”

悉达多说：“他已经六十高龄，但是还没有涅槃。他会活到七十岁，活到八十岁，而你和我，我们也会活到这么老，我们将要不断修行、不断斋戒、不断冥想。但是我们还远远不能涅槃，他不行，我们也不行。噢，戈文达，我相信，我们这里所有这些沙门中，也许没有一个人可以涅槃。我们只找到一点慰藉，找到一点麻醉，学到了一些迷惑自我的技巧。然而最根本的，是我们没有找到那条路中之路。”

“请别这样说，”戈文达表达了不同意见，“请不要说这么沮丧的话，悉达多！难道在这么多有学问的长者中，在这么多婆罗门中，在这么多严格律己的可敬的沙门中，在这么多探索者中，在这么多努力勤勉的人、圣洁的人中，就没有一个人能找到这条路中之路吗？”

但悉达多只是用一种带有悲哀和嘲讽的声调轻轻说道：“戈文达，过不了多久，你的朋友就要离开这条和你一起走了很久的沙门之路。噢，戈文达，我忍受着渴望的煎熬，在这条漫长的沙门之路上，我的渴望丝毫没有减少。我始终渴求着新的知识，我心里始终充满疑问。年复一年，我向婆罗门求教。年复一年，我向神圣的《吠陀》求教。噢，戈文达，也许我向犀鸟求教，或者向黑猩猩求教，也会获得同样的智慧、同样的教益。噢，戈文达，为了学习，我已经耗费了很多时间，却没能到达终点——没能到达无物可学的终点！因此我认为，事实上并不存在那个我们称之为‘学习’的东西。噢，我的朋友，事实上只存在一种知识，它是普遍存在的，它就是阿特曼。它存在于我身上，存在于你身上，存在于万物之中。于是，我开始相信：求知欲望和学习愿望恰恰是这种知识可恨的仇敌。”

戈文达停了下来，举起双手说：“悉达多，请千万不要用这种言论吓唬你的朋友！真的，这番话在我心里引起了恐惧。只要想一想，倘若一切正如你所说的，学习并无意义，那么还谈什么祈祷的神圣性、婆罗门的崇高、沙门的神圣呢？有什么东西，噢，悉达多，世上万物有什么算是神圣的、有价值的、崇高的呢？”

太少。现在，你，我尊敬的朋友，想要选择另一条道路，去聆听佛陀的教诲。”

戈文达说：“你在嘲讽吧？悉达多，你总是喜欢嘲讽别人！这难道不也是你的期望吗？你难道没有兴趣去听听他的学说？你从前不是告诉过我，这条沙门之路你不会长久走下去的吗？”

这时，悉达多以自己的方式微微一笑，说话的声调里却带着一种悲伤的情感，还有一丝嘲讽的意味。他说：“是的，戈文达，你说得很对，你的记性真好。不过你还得再回忆回忆别的，也是我曾经和你说起的，我对学说确实产生了怀疑和厌倦，也不想进行修行，我对导师的话已经缺乏信仰。不过，亲爱的，我已做好准备去聆听那个人的教导——虽然我深信，那个人的学说中最优秀的成果，我们早就品尝过了。”

戈文达回答说：“你准备和我同行，真叫我满心欢喜。但是请你告诉我，你方才的话有何根据？为什么在聆听乔达摩的学说前，就品尝过了最优秀的成果呢？”

悉达多说：“噢，戈文达，还是让我们品尝品尝这些果实，耐心等候今后的发展吧！我们现在就应该向乔达摩表示感谢，正是这些果实在召唤我们离开沙门！噢，朋友，我们不必管乔达摩会不会提供什么意外的、最好的东西，只要心境平和地等待。”

当天，悉达多便向那位最年长的沙门说出了自己的决定，他们将要离开。悉达多的态度极为谦逊有礼，这是一个后辈和弟子这时，戈文达喃喃地念了一首诗，这是《奥义书》[1]里的一首诗：

谁潜心于阿特曼之中，
沉思默想，灵魂净化，
他的心便神圣高洁，
不需要任何言语形容。

悉达多沉默不语。他思考着戈文达说的话，从头到尾琢磨着这些话。

是的，他想，他垂首伫立，世间万物有哪些可称之为神圣的呢？究竟有哪些呢？有哪些是经得住考验的呢？他摇了摇头。

后来，当这两个年轻人和沙门共同生活并一同苦修将近三年的时候，他们从各种不同的途径听见一个消息、一个谣言、一个传闻，说出现了一个名叫乔达摩的人，是一个佛陀，战胜了世上的一切苦恼，终止了再生之轮的旋转。他到处讲学，受到年轻人的拥戴；他云游四方，没有财产，没有妻子，没有家乡；他身披苦行者的黄色僧衣；他的额头宽大明亮；他是一个圣人，许许多

〈1〉 印度最古老文献《吠陀》的最后一部分，其中多数是宗教、哲学著作。

多婆罗门和贵族在他面前跪拜，愿意做他的弟子。

这个传闻、消息、故事到处流传，传到这里，又传到那里。在城中，婆罗门互相交谈；在林中，沙门议论纷纷。到处回响着乔达摩的名字，到处都在谈论这个佛陀，传进这两个年轻人耳朵里的，有好话也有坏话，有赞美也有诽谤。

就像某个国家流行瘟疫那样，一个消息正迅速传播，说有这么一个人物、一个智者、一个有学问的人在四处走动，他的话语和他呼出的气息足以治愈每一个被瘟疫侵袭的人。当这个消息传遍全国的时候，人人都谈论它，有许多人深信不疑，也有许多人十分怀疑，还有许多人立即起程去探访这位智者、这位圣人。于是，乔达摩的传说就这样传遍全国，关于这位佛陀、这位出身于释迦牟尼家族的智者的种种逸事、趣闻。他的信徒们说，他充满智慧，记得前生的事，已经涅槃，可以不再回到轮回之中，永远不会堕入芸芸众生的浊流。到处都流传着许多惊人的、不可思议的事迹，说他创造了奇迹，说他战败过魔鬼，说他曾经和诸神对话。他的反对者和敌人则说，这个乔达摩不过是一个自吹自擂的引诱者，他追求奢侈的生活，蔑视献祭，并没有渊博的学问，甚至不懂得如何修行。

关于佛陀的传说，听着使人着魔，散发出诱人的气息。是的，如今的世界出了毛病，生活简直难以忍受——瞧吧，这里涌出了一股甘泉，这里响起了天使的声音，这个声音温和而给人以抚慰，充满了高贵的许诺。到处流传着这位圣人的消息，整个印度轻人都悉心倾听着他的声音，感觉到渴求，感觉到希望。不城里还是村庄，年轻的婆罗门都热烈欢迎每一个朝圣者、每外来人，只要他们带来那个卓越人物、那位佛陀的消息。

这些传说也逐渐渗进了树林里，传进了沙门的耳朵，同进了悉达多和戈文达的耳朵，缓慢地、一点一滴地渗了进来一点都难以相信，每一点也都难以怀疑。他们很少谈论这因为那位最年长的沙门很厌恶这些传闻。他曾听说那位所谓陀从前也当过苦行僧，在林中苦修过，但后来又回到俗世里了舒适的生活，因而很瞧不起这个乔达摩。

“噢，悉达多，”有一回，戈文达对他的朋友说，“我今天子里的时候，有一个婆罗门邀请我去他家，屋里有一个从摩来的婆罗门青年，这个年轻人曾亲眼见过佛陀，聆听过佛陀诲。说真的，我当时呼吸都觉得胸中作痛，我一直在想：我我们两人，悉达多和我，是不是也可以去经历这样的时光？应该去听听那位圣人的教诲！说话吧，我的朋友，我们要不到那里去，也去听听佛陀讲学呢？”

悉达多回答说：“噢，戈文达，我一直在想，我一直认文达会和沙门始终待在一起，我一直相信这便是他的目标，待到六十岁、七十岁，不断地苦修技艺，这是一个沙门所必备的。但是瞧吧，我对戈文达认识得还不够，我对他的心了应有的态度。但那个老沙门竟暴跳如雷，这两个年轻人居然要离开他们，他高声大叫，还骂了一些粗话。

戈文达十分惊恐，犹豫起来。悉达多却把嘴巴凑到戈文达耳边，小声告诉他说：“现在我正好可以向这个老人展示一下，我从他那里学到了什么。”

这时，他已经站在老沙门面前，目不转睛地与老人对视。悉达多要予以蛊惑，使他变得呆滞，丧失意志，屈从于自己，并命令他毫无反抗地执行自己的指令。这个老人真的变得呆滞，两眼发直，意志瘫痪，胳膊下垂，在悉达多所施的魔力前完全无能为力。悉达多的思想已经控制了这个老沙门，使他不得不执行悉达多的命令。老人连连鞠躬，喃喃地说一些为旅途祝福之类的话。两个年轻人也鞠躬致谢，回以祝福，然后辞别而去。

途中，戈文达说道：“噢，悉达多，你从老沙门那里学到的东西远比我了解的要多。要对一个老沙门施加魔力是不容易的，甚至是一件非常难的事。说真的，如果你还待在那里，很快就能学会在水面行走。”

“我并不想学会在水面行走，”悉达多说，“但愿那些老沙门为有这样的技艺自得其乐吧。”

乔达摩

在舍卫城[1]，每个孩子都知道佛陀乔达摩这位尊者的名字，每幢住宅都时刻准备着接待乔达摩的弟子，接待默默无语的朝圣者，为每一只乞讨的饭碗盛满食物。城外有个叫祇树给孤独园[2]的林苑，那是乔达摩最喜欢住的地方。它是有钱的商人、乔达摩的忠实崇拜者——给孤独长者——赠送给他和他的追随者的礼物。

〈1〉 古印度佛教圣地，相传为释迦牟尼居留及说法之地。

〈2〉 祇树给孤独园：佛陀讲道的著名遗迹，位于尼泊尔南部边境，是佛教史上最具传奇色彩的圣地。据说，佛陀在此度过了二十四个雨季。

两个年轻的苦修者根据种种传说的指引追寻乔达摩的住地，终于来到了圣人居住的地方。他们一到舍卫城，就在第一幢屋舍的大门前停下来，他们乞讨食物，立即得到了食物。悉达多询问赠予他们食物的妇女：

"感谢你，仁慈的人。我们很想知道佛陀住在哪里，就是那位最尊贵的圣人。我们是从林中来的沙门，我们来探访他，想见见这个完美的人，聆听他的学说。"

那个妇女回答道："两位是来自林中的沙门啊，你们远道而来，真是找对了地方。你们记住，佛陀就住在祇树给孤独园，住在给孤独长者的林苑里。你们二位朝圣者可以到那里去过夜，那里有足够的地方，可以接纳无数前来聆听圣人学说的人。"

戈文达大为欢喜，兴奋地大声叫道："太好啦！我们已经到达目的地，走到了终点。朝圣者的母亲啊，请告诉我们，你认识圣人吗？你亲眼见过他吗？"

那妇女又说："我见过佛陀很多次。我常常看见他穿着黄色僧衣默默走过街道，站在一些屋舍前伸出乞讨的钵盂，然后又拿着盛满食物的钵盂离去。"

戈文达听得十分兴奋，还想再询问更多的情况，但是悉达多提醒他继续上路。他们道谢后继续朝前行走，几乎不需要再询问路途，因为沿途有不少崇拜乔达摩的朝圣者和僧侣正往祇树给孤独园走去。他们晚上到达目的地时，听见一批批络绎不绝的光临者的喊叫声、谈话声，喧哗着请求留宿之地，并且得到了安顿。这两个过惯了林中生活的沙门很快便找到了栖身之所，安静地躺了下来，一直睡到天明。

日出时，他们环顾四周，不由得大吃一惊，昨夜在此过夜的信徒和崇拜者简直是成群结队。美丽的林苑中每一条小道上，都有穿着黄色僧衣的僧侣走来走去，东一堆西一堆地坐在大树下，有的在潜心修行，有的在谈经论道。他们看到的这座绿树成荫的花园就像是一座城镇，挤满了聚集在一起如蜜蜂般喧嚣的人。大多数僧侣此时正端着钵盂往外走，进城乞食，这是他们一天之中唯一的一顿饭食。就连佛陀本人，这个照亮别人的人，也在每天早晨外出乞食。

悉达多看见了他，并且立即就辨认出了他，好像有神灵在指点似的。悉达多注视着他，这是一个穿着一身黄色僧衣的普通人，手捧钵盂，静默前行。

“快看，”悉达多轻轻地对戈文达说，“这个人就是佛陀。”

戈文达仔细注视着这个穿黄色僧衣的僧侣，觉得他和其他几百个僧侣毫无区别，但是戈文达也很快辨认出他——此人正是佛陀。他们便跟在他的身后，仔细观察着他。

佛陀谦逊地自顾自地走着，正沉浸在思考中，他那宁静的面容既不快乐，也不悲伤，内心深处似乎在轻轻地微笑。他就带着这种隐蔽的笑容，又平静，又安稳，简直像一个健康的孩子。佛陀就这么走着，身穿黄色僧衣，迈着和其他僧侣同样的步伐。但是他的面容和他的脚步，他平和低垂的目光，他静静垂下的双手，甚至每一根手指，都显露出他的安宁、他的完美。他并不探寻什么，也并不注视什么，只是温和地呼吸着，沉浸在一种永恒的安宁中，一种永不凋谢的光芒中，一种不可触动的平和中。

乔达摩就这样朝城里漫步，前去乞食。那两个沙门通过那独一无二的、完美而宁静的仪态认出了他，没有丝毫欲望、刻意、效仿和烦恼，只有光明与安宁。

戈文达说："我们今天可以听到他亲口讲道了。"

悉达多没有回答。他对讲道并不怎么好奇，他不相信会学到什么新东西。和戈文达一样，他已经一遍又一遍地听说过这位佛陀讲道时所讲的内容，尽管是通过第二者或第三者的口。但当他细细凝视着乔达摩的头、肩膀、双脚和那静静垂着的双手时，他觉得这双手每一根指头的每一个关节都饱含智慧，会说话，会呼吸，散发着芳香，闪烁着真理的光辉。这个人，这个佛陀，全身直至最小的指头的姿势都是真实的。这个人是神圣的。悉达多从来不曾像尊敬这个人这样尊敬过一个人，像爱这个人这样爱过一个人。

两个年轻人追随佛陀一直到了城边，又默默地返回住地，因为他们已经打算今天节食。他们看见乔达摩回到住地，看见他在一群年轻人的包围下用餐——他吃得很少，少得连一只小鸟都喂不饱，他们看见他又回到杧果树的浓荫下。

黄昏时分，炎热已经消退，林苑里的人们变得活跃起来，大家聚集在一起，开始听佛陀讲道。他们听着佛陀的声音，觉得连这声音也是完美的，充满了安宁，充满了平和。乔达摩阐释的是苦恼的意义，讲到苦恼的来源，讲到解除苦恼的方法。他的话语平和流畅，清晰明朗。生活是苦恼的，世界充满苦恼，但是可以找到解脱苦恼的办法：若追随佛陀，就会得到拯救。

这位圣人用一种柔和却异常坚定的声音讲述着。他解释了何谓四谛〈1〉，何谓八正道〈2〉。他按照惯常的方式耐心地讲述着，反复举例，反复讲授。他的声音响亮而宁静地向听众袭来，就好像一道光芒，也好像一片繁星闪烁的夜空，照亮了听众头顶的上空。

佛陀结束演说时，已是深夜，有些朝圣者当即走上前去，请求接纳他们加入，允许他们从学习中寻求庇护。乔达摩接纳了他们，并说道："你们学得很好，已经有所感悟。你们来吧，走进神圣之中，准备结束一切苦恼。"

瞧，连戈文达这个最腼腆的人也走上前去，说道："我也要求得到佛陀和他的学说的庇护。"戈文达请求加入，也被接受了。

正当佛陀转身准备去就寝时，戈文达急忙朝悉达多说道："悉

〈1〉 佛教的基本教义，即苦谛、集谛、灭谛、道谛。

〈2〉 佛陀所讲的获得解脱的正道，即正见、正思维、正语、正业、正命、正精进、正念、正定。

达多，我并不是责怪你。我们俩一起听了佛陀的演讲，一起接受了他的教导。戈文达已经皈依于他，要求得到佛陀的庇护。可是你呢，我尊敬的人，你不想走这条解脱之路吗？你还犹豫什么？你还想等待吗？”

悉达多听了戈文达的这番话，仿佛从梦中惊醒。他久久凝视着戈文达的脸，随后轻声答复道：“戈文达，我的朋友，你终于迈出了第一步，你终于选定了自己的道路。噢，戈文达，你永远是我的朋友，你一直是跟随着我的。我常常想，戈文达会不会有朝一日不依靠我，完全听从自己的内心而向前迈出一步呢？瞧，你现在已是一个男子汉，你选择了自己要走的路。但愿你沿着这条路走到底，噢，我的朋友！但愿你获得解脱！”他的语气中毫无嘲弄的意味。

戈文达还没有完全明白悉达多的意思，又用不耐烦的口气催促道：“说吧，我求求你，我亲爱的朋友！请告诉我，你，我亲爱的朋友，为什么不和我一样请求得到可敬的佛陀的庇护，为什么会有其他情况呢？”

悉达多把手放在戈文达的肩上说：“哦，戈文达，你没有听清我的祝愿。我再重复一遍：我祝愿你沿着这条路走到底！我祝愿你获得解脱！”

戈文达瞬间明白了，他的朋友就要离开他了，于是哭了起来。

“悉达多！”他哀泣道。

悉达多温和地回应道："戈文达，请别忘记，你现在已经是佛陀的弟子了！你已经抛弃了故乡和父母，抛弃了出身和财产，抛弃了自己的志愿，抛弃了友谊。这是教义的要求，这是佛陀的要求，这也是你自己的愿望。明天，噢，戈文达，我明天就要离开你了。"

这对朋友又在林苑里游荡了很久，后来他们躺下休息，还是久久不能入眠。戈文达一再逼问自己的朋友，要他解释清楚为什么不愿意信奉乔达摩的学说，他究竟从中发现了什么缺陷。可是悉达多一再回答说："戈文达，你应该满足才是。这位佛陀的学说十分卓越，为什么非要我从中找出缺陷呢？"

第二天清晨，佛陀的一个门徒，那批最年长的僧侣中的一个，跑遍了林苑各处，通知每一个刚刚皈依的人集合到身边，让他们穿上黄色僧衣，向他们传授教义的基本要求以及他们的职责。这时，戈文达不得不离开自己的朋友，他再一次拥抱了自己年轻时的朋友，然后加入了新信徒的行列。

悉达多在林苑里漫步，陷入沉思之中。

他迎面遇见了乔达摩，当他满怀敬畏地向对方行礼时，看见了佛陀的目光里充满安详和善意，年轻人顿时勇气倍增，请求这个尊贵的人和他进行一次谈话。佛陀默默地点头表示同意。

悉达多开言道："噢，尊敬的佛陀，昨天我有幸聆听了您精妙的演讲。我和我的朋友专门从远方来聆听您的教诲。如今，我的朋友已留在您身边，他在您这里得到了庇护，而我要开始自己新的朝圣之路。”

“随心即可。”这个可敬的人谦逊地说。

“我的话也许过于狂妄，”悉达多接着说，“但是在我向尊敬的佛陀坦率地说出我的想法之前，我不愿意离开此地。尊敬的佛陀，能否再听我讲一会儿呢？”

佛陀默默地点头。

悉达多又说道：“首先，噢，最尊敬的长者，您的学说使我十分震惊。您的学说中的一切都清清楚楚、十分完美，一切都有根有据；您把世界看作一个完美的整体、一根永不断裂的链条、一根由因果连接而成的永恒的链条。我觉得一切从来不曾呈现得如此清晰，也从来不曾得到过如此无可争辩的表现；每一个婆罗门的心肯定会更为激动，只要他通过您的学说学会把世界看作一个完整的关联体，透明得好像一块水晶，不依赖任何偶然，不依赖任何神灵。不管人们是好是坏，生活是痛苦还是欢乐，一切都是悬而未决的，都是未定的，因为这些都不是本质的东西——但世界是统一的，一切现象相互关联，一切伟大和渺小的事物都在同一起源中，产生、发展和死亡所遵循的规律，都被您卓越的学说阐明，噢，完美的圣人。但是有一个地方，根据您的学说，在一切事物的统一性和连贯性上恰巧存在着断裂之处，由于这小小的缝隙，统一性的世界里汹涌地流进了若干陌生的东西、新奇的东西、过去没有的东西，以及若干既没有被指明过，也不可能予以证实的东西——这就是您的学说中关于超越俗世、获得解脱的部分。这小小的缝隙，这小小的断裂，导致整个永恒而统一的世界规律破裂和解体。请原谅我这样质疑您的学说。”

乔达摩静静地倾听着，一动不动。随后，这位完美的圣人用和善、谦逊又十分清朗的声音说道：“噢，婆罗门之子，你听得很用心，因而进行了如此深刻的思考。你从中找出了一道裂缝、一个缺陷，你应继续深思下去。但是我要奉劝你一句，好学的年轻人，你要警惕众说纷纭和口舌之辩。一个人怎么思考都是合宜的，不论这种思考是美是丑，是聪明还是愚蠢，每个人都能够对它们加以追随或予以摈弃。但你所听见的我的学说，并非我的见解，这一学说的宗旨也并不是为好学的求知者阐释世界。它的宗旨是另一种东西。它的宗旨是解脱痛苦。这就是乔达摩所讲的内容，别无其他。”

“噢，尊敬的圣人，请不要生我的气，”年轻人说，“我并不想和您争论，像您方才所说，用语言进行争论没有任何意义，您讲得很有道理。不过还请您允许我再说明一点：我一刻也不曾怀疑过您。我一刻也没有怀疑过您是一个佛陀，您已经达到了目标，达到了成千上万的婆罗门和婆罗门弟子正不懈奋斗的最高目标。您已经找到了摆脱死亡的方法。您按照自己的探索方法，通过思想、潜修、认识、领悟，找到了自己的道路，成为佛陀。

而不是通过学说！噢，尊敬的圣人，这便是我的想法——没有人可以通过照搬别人的学说而获得解脱！没有人能这样。噢，尊敬的圣人，您从未通过言辞或学说告诉大家在顿悟的那一刻发生了什么？大彻大悟的佛陀的学说包括许多内容，您已经讲了很多，要生活得正直，要避免做坏事。而在您这番极其明白、极其可贵的讲演中，并未包括一项内容，没有包括佛陀自身经历的秘密，曾经如何作为一个个体生活在众生之间。这便是我在聆听您的学说时所想到的和认识到的，这也是我要继续流浪的原因——并非去寻求另一种更为美好的学说，因为我明白不存在这种学说，我只是要舍弃一切学说和导师，独自去攀登我的目标，或者去死亡。噢，尊敬的圣人，我会常常想到今天、想到目前这一时刻，因为我亲眼看见了一位圣人。"

佛陀的眼睛默默地俯视着土地，他那高深莫测的面容流露出镇定而沉着的神色。

"但愿你的思想并无差错，"这个可敬的人慢悠悠地说道，"但愿你达到目标！但是请你告诉我，你可曾看见我那一大群弟子，我的无数兄弟，他们从我所讲的学说中求得庇护？陌生的沙门，你是否认为那些人如果抛弃我的学说而走向世界，或回归到欲望中去，结果会更好呢？"

"这离我的想法太远了，"悉达多大声叫道，"但愿他们人人都留下来学习，都能到达自己的目标！我绝无权利对任何人的生活做出评判！我只能对自己、对我个人做出评判，我必须自己选择道路，决定取舍。噢，尊敬的圣人，我们沙门都在寻找自我解脱的道路。倘若我成为您的一名追随者，噢，圣人啊，我担心自己会发生这种情况：我只是表面地、虚假地让自己达到安宁和获得解脱，实际上继续存在、长大，因为我会把您的学说、您的追随者、我对您的爱以及僧团看成我自己！”

乔达摩微微地笑着，用一种十分坚定而友好的目光凝视着这个陌生的年轻人的眼睛，然后做出一个几乎难以觉察的手势和他告别。

“噢，沙门，你很聪明，”可敬的圣人说，“你懂得如何聪明地讲话，我的朋友。注意不要过于聪明！”

佛陀转身离去，但是他的目光和那微笑的容貌已深深铭刻在悉达多的脑海里。

他在心中暗自思忖，我还从来不曾见过有这般目光和笑容的人，不曾见过如此走路和打坐的人，我真切地希望自己也能有这样的目光和笑容，也能这样走路和打坐，也能像佛陀一样，有自由、可敬、深沉、坦率、单纯，同时充满神秘的仪态。然而，只有一种人能具备这样的目光和笑容，就是进入自己内心深处的人。是的，我也要努力追求，进入自己内心的最深处。

悉达多想道：“我见到了唯一一个必须在他面前垂下眼睛的人。我以后不会再在任何人面前垂下眼睛，不会再有第二个人了。

就连这个人的学说也没能吸引我，以后绝不会有任何学说能再吸引我。”

“这位佛陀夺走了我的心，”悉达多想，“他夺走了我的心，然而也馈赠了我很多。他夺走了我的朋友，这个朋友原来崇拜我，如今却崇拜他；这个朋友原来是我的影子，如今却成了乔达摩的影子。而他馈赠的，是悉达多，是我自己。”

觉醒

当悉达多离开林苑，将那位佛陀、那位完美的圣人留在身后，将自己的朋友戈文达留在身后，他才感到也将自己迄今为止的生活留在了身后的林苑，与之脱离。这一感觉充溢他的全身，他慢慢向前走去。他沉思着，仿佛自己已经潜入一条深深的小河，到达了最底部，到达了根源所在。而认识这一根源正是他所寻求的思想，唯有通过思想才可能给感觉以理性认识，而不至于迷失，并且还能掌握感觉的本质，开始让自己的内在放射光彩。

悉达多一边沉思，一边缓慢地前行。他发觉自己不再是年轻人，而是一个成年男子。他确信无疑，有一样东西真的离开了，让他感到自己好像一条蜕了皮的蛇；而过去，整个青少年时期，那个东西一直陪伴着他，而且属于他，现在却不复存在——就是寻找导师，聆听教诲。在他前行路上出现的最后一位导师，那最高贵、最聪明的长者，即最神圣的佛陀，也无法挽留他，他不得不离开，不能继续接受他的学说。

这个思考者越走越慢，不断给自己提出问题："你不断学习，不断从导师处学得知识，有什么用呢？你学到了很多，然而不可能学完一切，这又该怎么办呢？"他找到了答案，"我就是这样一个人，我愿意学习一切的意义和本质。我就是这样一个人，一个愿意征服自我，从而克服自我的人。但是我没有能力克服自我，我只能欺骗自己，我只能远远逃开，我只能躲藏起来。事实上，世上没有任何东西能够像自我一样占据我的全部思绪。这是一个未解之谜：我活着，我独自一人，我远远离开了所有一切人，我是和大家隔绝的，我就是悉达多！而在世间万物中，我了解得最少的莫过于我自己，莫过于悉达多！"

当这个想法攫住他时，这个缓缓朝前边走边想的思考者完全停住了脚步。他脑子里倏地又冒出了另一个想法，一个全新的想法："我对自己一无所知，悉达多对我来说如此陌生，完全缺乏了解，原因只有一个，这个独一无二的原因便是我害怕自己，我想从自己中脱逃出去！我寻求阿特曼，我寻求婆罗门，我自愿将自己分割和剥离，以便蜕尽外皮后找到那最不为人所知的最内在的核心，找到阿特曼，找到生命，找到神性，找到最后的一切。而我却在这个过程中迷失了。”

悉达多睁开眼睛环顾四周，脸上慢慢露出了笑容，一种如梦初醒的感觉贯穿全身，从头顶直至脚趾。于是，他重新上路，如同一个完全清楚要去干什么的男人那般疾行。

“噢，”他长舒了一口气，心想，“如今我要做一个不再逃脱的悉达多！我已不愿再使我的生活和我的思想每天开始于阿特曼和世间的烦恼。我不愿意再杀戮自己、分割自己，以便从废墟里找出一个秘密。我再也不学《瑜伽吠陀》和《阿闼婆吠陀》了，也不再当苦行僧去从事任何一种苦修。我要从自身学起，要当一个学生，要认识我自己，认识悉达多的秘密。”

他环顾四周，好像生平第一回看见世界。世界多么美丽，多么绚烂，又多么奇妙而迷人啊！这里是蓝色的，那里是黄色的，还有绿色的，天空在流动，河水在流淌，树林和山峰伫立，一切如么美丽，一切如谜一般充满魅力。置身其中的是他，是悉达多，是这个觉醒的人，正走在认识自己的道路上。所有这一切，所有这些蓝色和黄色、河流和树林，都是第一次进入悉达多的眼帘。那不再是摩罗[1]的魔力，不再是魔耶[2]的面纱，不再是毫无意义

〈1〉 魔，魔鬼。
〈2〉 幻相。假想。

而又极为偶然的情况。对这个正在进行深刻思考的婆罗门来说，这些分文不值，他蔑视多样性，探索统一性。蓝色就是蓝色，河流就是河流，在悉达多眼里，即便统一性和完美性存在于蓝色和河流之中，也恰恰是形式和内容的完美性，这边是黄色，这边是蓝色，那边是天空，那边是树林，而悉达多就在这里。意义和本质并不是总隐藏在事物背后，它们就在其中，在一切之中。

“我真是愚蠢之至！”这个急匆匆前行的人暗自思忖，“倘若一个人阅读一篇文章，试图探索其中的意义，那他便不会轻视那些词语和字母，不会说它们是谎言、偶然和毫无价值的表象，而是要仔细阅读，从中学习东西，爱这篇文章，每一个字母都爱。而我自己呢，我想要读一本世界之书，读一本了解自我本质之书，却首先偏爱进行一种推测性的思考，而蔑视词语和字母，我称世界的种种现象为欺骗，我称自己的眼睛和舌头为偶然的、毫无价值的幻象。不，如今这一切均已成为过去，我已经觉醒，我确确实实觉醒了，今天便是我的新生。”

悉达多想到这里，又一次停住了脚步，好像有一条毒蛇突然横在他面前的道路上。

正因为他猛然觉醒，他，一个真正的觉醒者或者说一个新生者，必须重新生活，彻底从头开始。他在那天清晨离开祇树给孤独园的林苑、离开那个圣人的同时，就已经开始觉醒，走上了寻找自我的道路。这条道路已成为他追求的目的，于是在经历了多年苦修之后，他要回到故乡去，回到父亲身边去，这似乎已经是自然而然、不言而喻的事情了。但是，就在这一瞬间，就在他呆呆站着的时候，就在他感到好像有一条毒蛇横在他前行路上的时候，觉醒的他也产生了这种认识："我已经不再是过去的我，我已经不再是苦行者，我已经不再是沙门，我已经不再是婆罗门。那么我回到家里和父亲待在一起可以做什么呢？修习，祭祀，禅定？这一切早已成为过去，都不再是途经之地。"

悉达多呆呆地站着，一动也不动，在一刹那，在一次呼吸之间，他感到自己的心冷凉如冰。他觉得这颗心在心中像一只小兽、一只小鸟或一只小兔子似的冻僵了。他发现自己如此孤独。多年来，他无家无室，漫游四方，从未有这种感受，眼下却有了这种感觉。长期以来，甚至在最深的冥想中，他都是父亲的儿子，是地位高贵的婆罗门，是一个修行的人。而如今呢，他只是悉达多，只是一个觉醒的人，此外便什么也不是。他深深吸了一口气，转瞬觉得浑身发冷，打了个寒战。没有一个人像他这般孤独。世上没有一个贵族不属于贵族圈子，没有一个工匠不与其他工匠为伍，每个人都是从同类中寻求庇护，参与他们的生活，说他们的语言。没有一个婆罗门不把自己视为婆罗门，和自己同种姓的人生活在一起；没有一个苦行僧不从沙门中寻求庇护，甚至那些与世隔绝的、生活在林中的隐居者也并非独自一人，都属于一个阶层，有所归属，这便是他的精神家园。戈文达现在成了僧侣，那上千个僧侣便是他的兄弟，和他穿同样的衣服，有同样的信仰，说同样的语言。可是他，悉达多，如今属于什么呢？他将参与什么人的生活呢？他将说什么人的语言呢？

在这一刹那，周围的世界消失了，他像一颗高挂在天空中的孤零零的星星。就在这一瞬间，有一股寒冷和沮丧的感觉在悉达多的心里油然而生，凝聚成比以往更加坚定的自我。他意识到这是觉醒的最后一次战栗，是获得新生的最后一次痉挛。很快，他便重新上路，迫不及待地疾步前去，不再朝着家的方向，不再想着回到父亲身边，不再回到过去。

献给我在日本的堂兄威尔海姆·贡德尔特

第二部

卡玛拉

悉达多在新生的道路上，每一步都学到许多新东西，周围世界的变化，令他心醉神迷。他看着太阳从密林覆盖的山峰上冉冉升起，又从遥远的棕榈林的边缘缓缓落下。他凝望着夜空中的繁星，弯月像一艘小船在寥廓的蓝天中飘游。他凝望着树木、星星、动物、云朵、彩虹、岩石、野草、花朵、小溪和河流，凝望着晨光中灌木丛上闪烁的露水，凝望着远处蓝中泛白的高山，倾听着鸟儿和蜜蜂的鸣唱，倾听着风有节奏地掠过稻田的呼啸。世间万物千变万化，多彩多姿，自古以来一直如此，太阳和月亮每天按时升起，河水永远潺潺流动，蜜蜂永远嗡嗡喧闹，但对悉达多来说，从前这一切都是不存在的，在他的眼前好像有一道虚无缥缈的面纱，他用怀疑的目光观察一切，这一切又都被思想洞悉，它们并非本质，本质只在彼岸。如今，他解放了的目光停留在这边，看见并认出了一切清晰可见的东西，在这世界上找到了家园，不再寻找本质，目标也不再是彼岸。只要人们不是带着探究的目光，而是天真无邪地观察世界，世界就是美的。月亮和星辰是美丽的，小溪和河岸是美丽的，树林和岩石、山羊和金龟子、花朵和蝴蝶都是美丽的。如果能够随意漫游世界，无忧无虑、清醒开朗、毫无戒心地浏览大千世界的景色，那是极其称心惬意的。有时让太阳晒烤头顶，有时在树荫下纳凉，有时品尝小溪和雨水，有时吞吃南瓜和香蕉。白天显得短促，黑夜也显得短促，每个小时都匆匆流逝，好像大海里的一张风帆，帆下的船里满载珍宝和欢乐。悉达多看见一群猴子在高高的树梢上戏耍，在枝干间跳跃，听见它们粗野而贪婪的啼叫。悉达多看见一只公羊追逐一只母羊，并最终交配。他在一片芦苇荡里看见梭子鱼因为饥饿而捕食，小鱼们惊恐地跳出水面，水面翻腾着粼粼波光，凶猛的追捕者在水里激起一圈圈漩涡，喷发出旺盛的欲望和力量。

这一切自古如此，只是他过去不曾看见，他从没有来过这里。如今他身临其境，他属于这一切。光和影从他眼前掠过，星星和月亮在他心里运转。

悉达多在途中不时回忆起自己在祇树给孤独园里所经历的一

切，想起自己在那里聆听佛陀神圣的演说，想起和好友戈文达的告别，想起和佛陀的谈话。他回忆起自己对佛陀讲的那番话，回忆着那场谈话里的每一个句子，他心里越发地惊讶，因为当时所讲的东西自己也并未理解。他对乔达摩所说的一切——佛陀的学说并不是最宝贵、最秘密的东西，而是一些不可言传和无法讲授的东西，在某些时刻得到的某种启示——这些东西正是他准备体验并正在体验的东西。现在他必须获得亲自体验，正如他很久以来就明白，他必须亲自体验阿特曼，找到一个婆罗门永恒的自我。可是他迄今还未能真正找到这个自我，因为他想用思想之网加以捕捉。肉体并非自我，感官的运作、思想也不是自我，理智、已经学得的知识、已经学得的技艺同样不是自我。归根结底，自我不是从旧思想中编织出的新思想。不是的，整个思想世界仍然属于俗世，如果人们扼杀了感官上的偶然的自我，却丰富了思想上和学说上的偶然的自我，那就不可能寻得自我。思想和感觉，两者都是可爱的事物，背后都潜藏着人的终极意识；两者都值得倾听，都值得打交道；两者都不能被轻视，也不可被高估。人们可以从这两者中窃听到内心最深处的秘密之声。没有这个声音的命令，悉达多不愿意追求任何事情；没有这个声音的建议，悉达多不愿意逗留于任何地方。当初，当乔达摩坐在菩提树下讲学的时候，究竟是什么打动了自己、照亮了自己？他听见一种声音，一种发自内心的声音，这个声音命令他要在这棵树下安歇，于是不再进行苦修，不做祭祀，不沐浴或祈祷，不吃不喝，不睡觉不做梦，听从了这个声音。没有任何外在的，只有这个声音，他驯服地听从了，时刻等待着这个声音的召唤。这是对的，他必须这么做，除此之外，其他都不是必须的。

夜晚，悉达多在河边一个船夫的茅舍里过夜，他睡着后做了一个梦，看见戈文达穿着黄色僧衣站在他面前。戈文达很是悲伤地问道："你为什么离开我？"悉达多去拥抱戈文达，伸出双手将戈文达拉进自己的怀里亲吻。这时，那人竟不再是戈文达，而是一个女人。这个女人解开衣裳，从里面露出一对丰满的乳房，乳房里流出汩汩乳汁。悉达多仰卧着吮吸乳汁，这乳房里的乳汁又甜又浓。乳汁里有女人和男人的味道，有太阳和森林的味道，有野兽和花朵的味道，有每一种果实和每一种欢乐的味道。它让人沉醉，让人醉得不省人事。当悉达多从梦中醒来时，透过茅舍的门，他看到泛白的河水在黑夜中闪闪发亮，树林里传来猫头鹰的啼叫，深沉而响亮。

天亮以后，悉达多请房东，也就是那位船夫，把他渡过河去。船夫和他一起踏上河面的竹筏，宽阔的水面上闪烁着淡红色的晨光。

"这是一条美丽的河。"悉达多对船夫说。

"是的，"船夫回答说，"这是一条十分美丽的河。我爱它胜过世上的一切。我常常倾听它的声音，常常望着它的眼睛，也经常向它学习。这条河可以教会人们很多东西。”

“感谢你，行善的好人。”悉达多说着，登上对面的河岸，“亲爱的，我没有任何礼物可以赠送给你，也付不出任何报酬。我是一个无家可归的人，一个婆罗门的儿子，一个沙门。”

“我已经看出来了，”船夫回道，“我并没有期待你给我报酬，也不想要你的礼物。以后有机会，你会给我礼物的。”

“你相信我会还礼？”悉达多饶有兴趣地问道。

“当然。这也是我向河水学到的：世间万物都会回来的！你也不例外，沙门。你会回来的。好了，再见吧！但愿你的友谊就是我的报酬。但愿你向神灵祭祀时能想起我。”

他们互相微笑着告别。悉达多因为得到船夫的友谊、受到船夫的款待而高兴地微笑着。“他多么像戈文达，”他微笑着想道，“所有我在路上遇见的人，都像戈文达。大家都向别人表示谢意，虽然他们有权利获得别人的感谢。每个人都谦虚顺从，表现出善意，乐于听从他人的意见，很少有顾虑。他们全都是孩子。”

中午时分，他经过一座村庄。小巷子里有许多孩子在泥土砌的小屋前打滚戏耍，玩着南瓜子和贝壳，一边叫嚷着，一边打打闹闹，看见这个陌生的僧人吓得四散逃开。村庄的尽头有条穿过小溪的路，一个年轻女子正跪在溪边洗衣服。悉达多向她问好，她抬起头来微微含笑地看了一眼。这时，他看到她眼中在闪光。他按僧人惯常的方式对她祝福后，问去城镇的路程有多远。她站起身来，走到他身边，那张年轻的脸上，嘴唇无比丰润动人。她笑着，问他吃饭了没有，问他沙门是否每晚独自在林中过夜，不能有女人在身边。她边说边把自己的左脚放在他的右脚上，做出女人挑逗男人行云雨之事时的动作，也就是《爱经》中所说的“爬树”。悉达多感到热血沸腾。那一瞬间，悉达多以为昨晚的梦境再次降临，他朝那个女子俯下身去，亲吻着她褐色的乳头。他看见她满脸欲望地微笑着，眯缝着的眼睛里流露出炽热的欲念。

悉达多也感到了自己的欲望，觉得性欲在翻滚。但他还从来不曾碰过女人，所以迟疑了片刻，尽管他的双手已做好准备去拥抱她。就在这一瞬间，他惊悚地听见了内心里一个声音说“不”。于是，这个年轻女子微笑的脸上的魅力全消退了，他所见的不过是一头发情的雌兽水汪汪的眼睛而已。他温柔地拍了拍她的脸，转身轻快地走入竹林，从这个深感失望的女人眼前消失了。

就在这天傍晚，他到达了城镇，他很高兴自己又和人群在一起了。很久以来，他一直住在树林里，昨晚在船夫的茅舍里，是许久以来第一次在室内过夜。

在城外一座美丽的围着篱笆的林苑旁，这个流浪汉碰见了一小群男女仆人，手里提着装满物品的篮子。他们中间有一乘装饰华丽的四人抬的轿子，轿子里坐着一个女人。她端坐在红色的坐垫上，头上有色彩缤纷的遮阳篷，显然是林苑的女主人。悉达多站在林苑的入口处，看着这一行人，他看见男仆、婢女、篮筐、轿子，以及轿子里的贵夫人。在高高盘起的乌黑的头发下，长着一张十分明朗、娇媚、聪慧的脸，鲜红的嘴唇好像一颗新采摘的无花果，眉毛修饰成高挑的弧线，乌黑的眼睛显得聪明而机警，细长光滑的脖子从镶金的绿色上衣中探出，双手光滑而修长，静静地放在膝盖上，手腕上戴着宽宽的金手镯。

悉达多觉得她美丽极了，心里十分欢喜。当轿子来到跟前，他深深地躬身行礼，直起身后又注视着这张开朗而可爱的脸。他朝那双明亮的如弯月般的眼睛看了片刻，呼吸时闻到了一股过去从未闻到过的香气。这位美丽的夫人微笑着点点头，转瞬便在那群仆人的簇拥下消失在林苑中。

悉达多心想，我尚未入城，就见到了如此美丽的女子。他想立刻走进林苑，又犹豫着停了下来，忽然想起在篱笆入口处，那些男仆和婢女打量他的目光，似乎带有一种轻蔑、怀疑又拒人于千里之外的神色。

"我至今还是一个沙门，"悉达多暗自思忖，"我还是一个僧人和乞丐。我不能在这里停留，不能走进林苑。"想到这里，他笑了起来。

这时过来一个路人，悉达多向他打听这座林苑和这个女人的名字，得知这里是城里的名妓卡玛拉的。她除了这座林苑，在城里还有一座宅邸。

之后他进城去了。如今，他心里已经有了目标。

悉达多为了这个目标，穿行在城里大大小小的街巷里，在广场上默默地伫立，在河边的石阶上休息。临近黄昏时，他认识了一个理发店的伙计。这个伙计先是在教堂拱顶的阴影里劳作，后来去守护神[1]庙祈祷时再次相遇。悉达多向他讲述了守护神和吉祥天女[2]的故事。当天夜里，悉达多在河边的空船上睡了一宿。第二天清晨，在第一批客人尚未到来时，他让那位伙计替他刮了胡子，剪了头发，又抹了上好的香发膏。随后，他去了河里沐浴。

这天下午，美丽的卡玛拉坐着轿子回林苑时，悉达多正伫立在篱笆门前，向卡玛拉鞠躬行礼，同时也接受了这位名妓对他的问候。他向走在队列末尾的男仆招手示意，请求男仆报告女主人，有一个年轻的婆罗门渴望与她交谈。片刻之后，那个男仆回来告诉这位等候者，请他随自己进去，于是默默地跟随仆人走进了一座亭子。卡玛拉躺在一张睡椅上，仆人留下他后便走开了。

“你就是昨天站在门口和我打招呼的人吧？”卡玛拉问。

“是的，我就是昨天见过你并向你行礼的人。”

“可你昨天不是留着大胡子和长头发，而且头发上还沾满灰尘吗？”

“你观察得很仔细，什么都看见了。你看见的那个人叫悉达

〈1〉 印度教和婆罗门教三大主神之一，又称“毗湿奴”。

〈2〉 系守护神毗湿奴的妻子，被称为“爱神之母”，也是婆罗门教、印度教的命运、财富、美丽女神。

多，一个婆罗门之子，他离开自己的家乡，想成为一个僧人，当了三年的沙门。如今，他已离开这条路，来到了这座城镇，而你，是他进城里前遇到的第一个人。噢，卡玛拉，我来你这里就为了告诉你这一点：你是第一个让悉达多并未垂下眼睛与之说话的女人。今后，当我再遇见漂亮女人的时候，不会再垂下眼睛了。”

卡玛拉微微一笑，手里玩弄着一柄孔雀毛扇子。她随即问道：“你来见我，就为了对我说这些的吗？”

“为了对你说这些话，也为了感谢你，因为你长得如此美丽。卡玛拉，倘若你不嫌弃，我想请你当我的朋友和导师，因为我对你熟谙的艺术还一无所知。”

卡玛拉放声大笑起来。

“朋友，我做梦也没有想到，竟会有一个从林中来的沙门到我这儿，还愿意跟我学习！我做梦也没有想到，竟会有一个留着长发、围着一块破旧的遮羞布的沙门来我这儿！无数年轻人来到我这里，其中也有婆罗门的弟子，不过他们个个穿着华丽，脚上是精致的鞋子，头上香气四散，口袋里全是金钱。沙门，那些来找我的年轻人都是这样的。”

悉达多回答道：“我已经开始跟你学习了，从昨天就开始了。我已经刮去胡子，梳理头发，还抹了香发膏。你，绝色的人啊，我所缺少的就是华丽的衣服、精致的鞋子和鼓鼓的钱袋。你知道吧？悉达多做过比这些小事更难的事情，并且达到了目的。我还有什么做不到的呢？我昨晚已经考虑过，也下了决心：我要成为你的朋友，跟你学习欢爱之事！卡玛拉，你会看到我如何勤奋好学，我曾学过很难的东西，比你要教我的难得多。嗯，现在怎么样，今天的悉达多——头发上抹着香发膏，却没有华丽的衣服、精致的鞋子，口袋里也没有钱，他能让你满意吗？”

卡玛拉笑着回答：“不，尊敬的人，他现在还不能让我满意。他必须有衣服——华丽的衣服，有鞋子——精致的鞋子，他口袋里得有许多钱，并且不断赠送礼物给卡玛拉。现在你懂了吧，来自林中的沙门？你记住了没有？”

“我记住了，”悉达多叫道，“从这张嘴里说出的话，我怎能不牢牢记住呢！卡玛拉，你的嘴唇多么像一颗刚刚采摘下来的无花果。我的嘴唇也很红、很新鲜，它们一定很相配，你等着瞧吧。不过我还得请你告诉我，美丽的卡玛拉，你在这个僧人、这个从林中来向你学习欢爱的沙门面前，丝毫不感到害怕吗？”

“为什么我要在一个沙门面前感到害怕？对一个来自林中的愚蠢的沙门，对一个长期生活在狼群中、完全不懂女人的沙门，我为什么要害怕？”

“噢，这个沙门是强壮的，而且无所畏惧。美丽的姑娘，他会强迫你的。他可能会强夺你。他可能会给你带来痛苦。”

“不，沙门，我不害怕。难道一个沙门或一个婆罗门会害怕，害怕可能有人会抓住他不放，会抢劫他的渊博学问、他的虔诚以及他的深刻思想吗？不，他不会害怕，因为这些东西只属于他自己，他只愿意授予想授予的人。事情便是如此，卡玛拉如此，卡玛拉最擅长的欢爱也如此。卡玛拉的嘴唇鲜艳美丽，但请来试试吧，如果你违背卡玛拉的意愿去亲吻，那么便不可能从那里尝到一丝甜蜜，尽管本来非常甜蜜！悉达多，你是有学问的，你也学学这门学问吧：爱情可以祈求，可以收买，可以赠送，可以在街上捡到，却抢夺不到。你已误入歧途。是的，真令人遗憾，像你这么英俊的小伙子竟会有这般错误的想法。”

悉达多笑着鞠躬道谢：“卡玛拉，这也许很遗憾，你说得很好！真是非常令人遗憾。不过我还是不愿意失去你嘴唇上哪怕点滴的甜蜜，也不愿意你失去我可以给你的甜蜜。情况就是如此：当悉达多取得了他所缺乏的东西，当他有了衣服、鞋子和金钱之后，他会回来的。不过，甜蜜的卡玛拉，你能不能再给我提一个小小的忠告呢？”

“一个忠告？为什么不能呢？难道会有人不愿意为一个来自森林狼群中的无知而又可怜的沙门提供忠告吗？”

“那么，亲爱的卡玛拉，请你告诉我，我应该到何处去，才能够尽快获得这三种东西？”

“朋友，许多人都想知道。你必须去做你学过的事情，人家愿意为此付出金钱、衣服和鞋子。除此以外，一个穷人是不可能得到金钱的。你究竟会做什么呢？”

“我会思考。我会等待。我会斋戒。”

“不会别的了？”

“是的。噢，我还会作诗。你愿不愿意为我的一首诗付出一个吻作为报酬？”

“如果你的诗讨我的欢心，我会愿意的。这是首什么诗呢？”

悉达多沉思片刻后，吟诵道：

美丽的卡玛拉走进她阴凉的林苑，
褐色的沙门正站立在篱笆的门边，
当他望见那一朵盛开的莲花，
不由得深深鞠躬，她报以微微一笑。
年轻人想，向上天献祭多么美妙，
向美丽的卡玛拉献祭，也同样美妙。

卡玛拉大声鼓掌，手腕上的金手镯叮当作响。

“褐色的沙门，你的诗很美，说真的，给你一个吻，对我毫无损失。”

她用目光示意他走近自己，他弯身把脸贴近她的脸，把嘴唇覆在她那好像新摘的无花果的红唇上。卡玛拉久久地吻着他，悉达多感到十分诧异，觉察到她正在开导自己，觉察到她何等聪明，觉察到她控制了他，又拒绝了他、引诱了他，并且感觉在这第一个吻之后还有长长一大串安排得巧妙妥帖、屡试不爽的吻在等待着他，每一种吻都和另一种有所不同，都是他所期待的。他深深吸着气，一动也不动地站着，在这一时刻，他像一个大开眼界的孩子，被所学知识之丰富深深震惊。

“你的诗十分美丽。”卡玛拉大声说道，“倘若我很富有，我会付你一枚金币。但是，你想靠诗歌去挣很多钱，挣够你所需要的钱，那是很难的。因为你如果想当卡玛拉的朋友，你得有许多许多钱。”

“卡玛拉，你多么善于亲吻啊！”悉达多结结巴巴地说。

“是的，我擅长于此，因而我从不缺衣服、鞋子、手镯以及一切漂亮的东西。可是你会什么呢？除了思考、斋戒和作诗，你便什么都不会了吗？”

“我会唱祭祀的圣歌，”悉达多答道，“不过我今后不想再唱了。我会念咒语，不过今后也不想再念了。我还会读经文……”

“够了！”卡玛拉打断他说，“你会阅读？会写字？”

“这些我当然会。不少人都会。”

“大多数人都不会。连我也不会。非常好，你会阅读和写字，好极了。就是念咒语的本事也会有用的。”

这时有个侍女跑进来，在女主人耳边悄悄说着什么。

“有客人来看我了，”卡玛拉大声说道，“快，快走开，悉达多，你记住，别让任何人看见你在这里！我明天再见你。”

说着，她又吩咐侍女拿一件白上衣给这个虔诚的婆罗门青年。悉达多还未弄清是怎么回事，便被那个侍女带到门外，弯弯曲曲地绕进一座花园凉亭，随后拿到白衣服，又被带进灌木丛中，侍女还叮嘱他务必不要让任何人瞧见，立即离开林苑。

悉达多心满意足地完成了一切。他早已习惯林中的一切，很快便悄悄地溜出了林苑，翻过篱笆。他满意地回到城里，胳膊下夹着那件卷好的白衣服。在一家过客经常光顾的客栈门口，他停了下来，默默地乞食，又默默地接受了一个饭团。他暗暗思忖，也许可以维持到明天，这一天可以不再乞食。

他突然昂首挺胸，打起精神来。他已经不是沙门，将不再向人乞食。他把饭团扔给一条狗，宁可不进食。

"人们在这个世界上所过的生活极其简单，"悉达多沉思着，"我要过这种生活毫无难处。如果我还当沙门，一切便困难得多，而结局也必然是绝望的。眼下一切都很轻松，轻松得就像卡玛拉教我的那堂亲吻课。我现在只需要衣服和金钱，此外别无所求，而这一切全都微不足道，不会让我寝食难安。"

他早已打听到卡玛拉在城里的住所，第二天便去了那里。

"好极啦，"卡玛拉见到他高兴地叫了起来，"卡马斯瓦密是这座城镇最富有的商人，他正等着你去见他。倘若你能使他中意，他就会给你安排工作。褐色的沙门，要做得聪明些。我通过别人向他介绍了你的情况。你要对他友好一些，他很有势力。但千万不可低声下气！我不愿意你当他的奴仆，你得和他平等相处，否则我会对你不满意的。卡马斯瓦密已经年迈，希望过宁静的生活。他如果喜欢你，就会非常信赖你。”

悉达多微笑着，向她道了谢。当卡玛拉听说他昨天和今天均未进食，便吩咐人取来面包和水果款待他。

“你运气很好，”告别时她说，“一扇又一扇大门接连向你敞开。怎么会如此顺利？你是一个魔术师吧？”

悉达多答道：“昨天我就告诉过你，我懂得思考、等待和斋戒，你却认为这些毫无用处。卡玛拉，你以后将会看到这些是非常有用的。你将会看到，这个来自林中的愚蠢的沙门，能够超乎想象地学会并擅长许多事情。前天我还是一个蓬头垢面的乞丐，昨天我便已亲吻过卡玛拉，不久我就会成为一个商人，非常富有，拥有一切你看重的那些东西。”

“嗯，会的，”她表示同意，“但是没有我的话，你的处境会如何呢？如果卡玛拉不帮助你，你现在又会怎么样呢？”

“亲爱的卡玛拉，”悉达多挺直了身子说，“我走进林苑来到你身边，便是我迈出的第一步。我已下定决心要跟这位最美丽的女人学习爱的艺术。从我做出这个决定的那一刻起，我就知道自己能够完成。我知道你会帮助我。在篱笆入口处，当你看我第一眼的时候，我就知道你会帮助我。”

“倘若我不愿意帮助你呢？”

"你会愿意的。瞧，卡玛拉，如果你把一颗石子投入水中，石子便会沿着最短的路径沉入水底。如果悉达多有了目标，并下了决心，情况也会如此。悉达多过去无所事事，他只是等待、思考和斋戒，但是他穿过俗世万物好像石子穿越水流沉入水底，他不做别的事，什么都不能打动他，他只是被吸引，听任自己向下坠落。他的目标吸引着他，因为他不允许任何违背目标的东西进入自己的内心。这就是悉达多跟随沙门云游四方时学到的。这便是愚人们称之为魔术的东西，认为是魔鬼所为。事实上，魔鬼并不起任何作用，从来就不存在魔鬼。每个人都能施展魔术，实现自己的目标，只要他会思考、等待、斋戒。"

卡玛拉默默倾听着。她喜欢他的声音，喜欢他的目光。

"也许如此，"她轻轻地回答说，"事实如你所说，朋友。也许还由于悉达多是一个英俊的男子，他的目光让女人们喜欢，所以他总有好运气。"

"但愿如此，我的导师。但愿我的目光永远讨你喜欢，但愿我从你这里永远得到好运气！"悉达多用一个吻和她告别。

人世间

悉达多去拜访商人卡马斯瓦密，被指引进一座富丽堂皇的房子，侍从带他走过昂贵的地毯，然后进入一个房间，在那里等候主人的到来。

卡马斯瓦密走进房间，他是一个行动敏捷、机智灵活的男子，头发已经花白，眼睛显得十分机警，嘴角流露出贪婪。主人和客人亲切地互致问候。

“别人告诉我，”商人先开口道，“你是一个博学的婆罗门，可是你又想找商人要一份工作。你这个婆罗门是否正遭遇经济上的困难，所以想找工作？”

“不是的，”悉达多说，“我并没有什么困难，也从未有过困难。你知道，我刚刚离开那些沙门，我曾跟他们生活了很久。”

“如果你来自沙门，那怎么能说没有遭遇困难？沙门不都是一无所有吗？”

“我是没有财产，”悉达多回答说，“按照你的看法，我是这样。我确实一无所有。然而我自愿如此，因此并未遭遇困难。”

“你一无所有，又靠什么生活呢？”

“我从未想过这个问题，先生。我一无所有地生活了三年有余，还从不曾考虑到这个问题：我靠什么生活。”

“看来你靠别人的钱财生活。”

“大概是这样。可商人也靠别人的钱财生活。”

“说得很好。但商人从不毫无代价地接受，他把自己的商品卖给了别人。”

“世事便是如此。有人接受，有人付出，这就是生活。”

“请允许我询问：如果你一无所有，你要付出什么呢？”

“人人都付出自己拥有的东西。战士付出力量，商人付出货物，导师付出学问，农民付出稻米，渔人付出鲜鱼。”

“说得好。现在的问题是：你付出什么呢？你过去学习了什么？你擅长什么？”

“我会思考。我会等待。我会斋戒。”

“就这些吗？”

“我想，就这些了！”

“这些有什么用处呢？比如斋戒——它有什么好处呢？”

“它极有好处，先生。如果一个人没有食物时，斋戒便是他能干的最明智的事情。举例来说吧，如果悉达多没有学会斋戒，那么他在今天之前早就该找一份差事来做了，不管在你这里，还是在其他地方，因为饥饿将迫使他这样做。但是悉达多能够静静地等待，从未不耐烦过，从未感到困难，很久以来都不知道饥饿为何，他可以嘲笑饥饿。先生，这就是斋戒的好处。”

“你说得有道理，沙门。请稍候片刻。”

卡马斯瓦密走出房间，拿着一卷纸又走了回来。他把那卷纸递给客人，问道：“你能读懂这个吗？”

悉达多看着纸卷，是一份合同，开始大声朗读其中的内容。

“读得很好，”卡马斯瓦密称赞道，“你愿意在纸上为我写些什么吗？”

他递给悉达多一张纸和一支笔，悉达多一挥而就，把纸递还给主人。

卡马斯瓦密朗读着：“书写有益，思考更佳。智慧有益，容忍更佳。”

“你写得很漂亮，”商人赞美道，“我们以后还会再共同切磋一些问题。今天我邀请你做我的客人，请你留宿在这里。”

悉达多表示感谢后，接受了邀请，住在商人的家里。有人为他送来衣服和鞋子，还有一个仆人每日侍候他沐浴。每天都有人端来两顿丰美的饭菜，但悉达多只进一餐，并且既不吃肉也不饮酒。卡马斯瓦密向他讲述自己生意上的事，让他去看货物和仓库，指点他如何计算。悉达多认识了许多新东西，他注意倾听，很少说话。他牢记卡玛拉的嘱咐，从来不在商人面前低声下气，迫使商人和他平等相处，甚至对他另眼相看。卡马斯瓦密小心谨慎地经营自己的生意，常常怀着极大的热情，悉达多却把这一切视同游戏，只是努力学习如何精确掌握商业规则，而内容丝毫不能触动他的内心。

他在卡马斯瓦密家没住多久就参与到了生意之中。每天在约定的时间，他都会去拜访美丽的卡玛拉。他穿着华丽的衣裳、精致的鞋子，很快开始赠送给她礼物。她那殷红、聪明的嘴教了他许多东西。她那双细巧、灵活的手也教了他许多东西。他在欢爱上，还只是一个孩子，盲目而不知餍足地跌进了那深不可测的欢愉之中。卡玛拉从根本上指点他一切，告诉他不能只接受欢愉而不付出欢愉；告诉他每一种姿态、每一次抚摸、每一回接触、每一道目光，身体上每一个最细微处的秘密，懂得唤醒这些秘密，就会得到幸福。她教导他，情人在一次交欢之后，如果没有彼此惊叹，没有相互抚慰，就不应分开，以免产生厌倦和乏味，产生玩弄或被玩弄的恶劣情绪。在美丽聪明的女艺术家身边，悉达多度过了许多美妙的时刻，成了她的学生、她的情人、她的朋友。

如今，悉达多在这里，在卡玛拉身边，获得了生活的价值和意义，而不是在卡马斯瓦密的生意中。

商人委托悉达多起草重要的信件和合同，并且渐渐习惯于和悉达多商量一切重要的生意。他很快发现，悉达多对于谷物和棉花、航海和贸易懂得很少，但运气很好，而且在冷静沉着方面胜过自己，还懂得默默倾听，以及善于洞察他人的心思。“这个婆罗门，”他对自己的一个朋友说，“不是一个真正的商人，永远也不会是，他的灵魂对生意毫无热情。但他具有那种自动获得成功的秘密。他生来福星高照，好像一个魔术师，这大概是从沙门那里学来的。他做生意永远像是在做游戏，从来不曾全心全意，根本不能牵制他，也从不害怕失败，从不担心遭受亏损。”

那个朋友向商人建议道：“你把生意交给他，让他当你的代理人，给他三分之一的红利，如果亏损了，那么他也得付出同样的份额。这样的话，他一定会勤奋起来的。”

卡马斯瓦密采纳了这个建议。悉达多仍然漫不经心，生意赢利了，他平心静气地收下自己的份额；生意亏损了，他便笑笑说：“啊，你看，这回干得很糟糕呢！”

事实上，他对生意漠不关心。一次，他去某个村庄打算收购新收获的大批稻谷。当他到达时，谷物已经被另一个商人收购一空。然而，悉达多仍在村庄里待了一些日子，他招待农民，送给他们的孩子许多小铜钱，还参加了一次婚礼，最后心满意足地回去。由于没有立即返回，卡马斯瓦密责怪他浪费时间和金钱。悉达多却回答道："请不要责备，亲爱的朋友！我还从来没有见过用责备能办成任何事情的先例。亏损既然已是事实，就让我来承担损失吧。我个人十分满意这次旅行。我认识了很多人，有一个婆罗门还成了我的朋友，孩子们骑在我的膝上嬉戏，农民们带领我看他们的田地，没有一个人把我当作商人。"

"你说的这些情况很有趣，"卡马斯瓦密恼怒地大声说道，"不过我认为，你事实上只是一个商人！难道你是单单为了娱乐才去那里的吗？"

"当然，"悉达多笑着答道，"我当然是为了娱乐去那里的。这又怎么样呢？我认识了许多人，熟悉了那个地方的情况，享受到了友谊和信任，找到了朋友。瞧，亲爱的，倘若我是你卡马斯瓦密，当我看到生意已遭挫败，就会立即忧心忡忡地赶回来，可事实上时间和金钱已经损失了。至于我，却度过了一些好日子，学到了很多东西，享受到了快乐，没有因气恼、匆忙而伤害自己和伤害别人。如果我以后某个时候再去那里，也许就是去收购下一次收获的稻谷，或是为了其他诸如此类的目的，那么我就会受到人们的热情款待，那时我将称赞自己幸而当时没有流露出匆忙和不快。别生气了，朋友，不要由于呵斥而伤了自己的身体！如果真有那么一天，你可以说：这个悉达多给我带来了损失。你只需要说一声，悉达多就会马上离开。在那一天来临之前，我们还是好好相处吧。”

卡马斯瓦密千方百计地让悉达多相信自己靠他为生，结果却白费力气。悉达多认为靠自己为生，更确切地说，他们两人均靠他人为生，靠众生为生。悉达多从来听不进卡马斯瓦密诉说的种种忧虑，而卡马斯瓦密一直忧心忡忡。一桩正在进行的生意可能失败，一批寄送的货物可能丢失，一个债务人可能无力偿还，卡马斯瓦密从来没有说服悉达多相信这一切考虑是有用的。一切忧伤和愤怒的话纯属多费口舌，只是白白增添了额头上的皱纹，让自己在夜晚失眠。后来，有一次卡马斯瓦密当面指着悉达多，说悉达多把他懂得的一切都学了去，得到的回答却是：“请不要和我开这样的玩笑！我从你那里学到的只是一满筐鱼值多少钱，一笔贷款能够收取多少利息。这就是你的学问。尊敬的卡马斯瓦密，我思考的本领并不是跟你学会的，你最好还是想想从我这里学去了什么吧。”

悉达多的心思确实不在生意上。做生意赚了钱，他就把钱交给卡玛拉，而他赚的钱远远超过自己所需。除此之外，悉达多有兴趣的只是参与人们的生活，了解他们的事业、手艺、忧虑、欢乐和愚蠢，这一切曾经对他来说就像遥远的月亮一般陌生。他轻易地和他们交谈，和他们一起生活，向他们学习，如今深切地感受到，将自己和人们隔离的，是他做沙门的经历。他看到人们以一种孩童或动物的方式生活着，他既爱这种生活，又蔑视这种生活。他看着他们努力奋斗，看着他们因为某些事情而痛苦和烦恼，而这些东西在他眼中毫无价值，不过是为了金钱，为了一点点乐趣，为了一些微不足道的荣誉。他看着他们彼此辱骂、责备，看着他们为沙门所耻笑的痛苦抱怨，为沙门不屑的贫乏痛苦。

对于人们给予他的一切，他都处之泰然。他欢迎商人向他贩卖亚麻，欢迎负债者向他借钱，也欢迎乞丐向他长久地讲述穷困的生活，尽管这些穷困还不及沙门的一半。他对待那些富有的外国商人，和对待一个为他理发的仆人以及那些沿街叫卖的小贩毫无二致，他总听任卖香蕉的多要几文小钱。当卡马斯瓦密来看望他，向他诉说自己的苦恼，或为了一桩生意责怪他，他总是好奇而兴致勃勃地静静倾听着，表示惊讶，试图理解，尽量承认有点道理，然后转身离开，去见一个渴望见他的人。每天都有许多人来拜访他，有些人是来和他做生意的，有些人是来骗他钱财的，有些人是来探听他的，有些人是来求得他同情的，还有些人是来听取忠告的。他提出建议，他表示同情，他慷慨相助，他让自己稍稍受些欺骗；他认为这一切纯属游戏，而世人都满怀热情地参与，他也全神贯注，与当年热衷于信仰诸神和婆罗门一样。

偶尔，悉达多感到内心深处有一种微弱的、死亡的声音，这声音轻轻警告着他，轻轻责备着他，轻微得几乎难以听清。后来在某些时刻，他感到自己过的是一种荒谬的生活，他在这里所做的一切只是一种游戏而已，虽然这是自己乐于去做并且觉得快乐的事情，但真正的生活从身边流逝了，丝毫没有触及。就像一个打球的人，把自己的活动视为游戏，把周围的人只看作一起游戏的。他静观着，从中找到乐趣，而他的心、他的生命的源泉却不在这里。这源泉离他远去，越来越远，逐渐消失不见，和他的生活不再有任何关系。某些时候，他为这种思想吃惊，希望自己能够摆脱，能够满怀热情、全心全意地做一切幼稚的日常之事，真实地生活，真实地工作，真实地享受，真实地活着，而不是只作为一个旁观者。

他经常拜访美丽的卡玛拉，学习爱的艺术，进行性的礼拜，此时，给予和接受便合而为一，这是其他地方都没有的。他和她闲聊，他向她学习，并提出忠告，同时也接受她的忠告。她了解他，胜过从前戈文达对他的了解。她是一个和他相像的人。

有一回，他对她说："你和我一样，你和大多数人不同。你是卡玛拉，而不是其他任何人。在你的内心深处有一个僻静的避难处，某些时刻你就进去，觉得像回家了一般。我也是这样。但是很少有人会这样，虽然每个人都能学会。"

"并非每个人都是聪明的。"卡玛拉说。

"不对，"悉达多答道，"事情并不取决于聪明与否。卡马斯瓦密和我一样聪明，然而他的内心并没有一个避难处。其他人虽有，但心智上只是一个幼童。卡玛拉，大多数普通人，都像一片片落叶，随风飘舞、旋转、摇摇晃晃，最后掉在地上。还有一些人，这些人为数很少，好像天上的星星，按照固定的轨道运行，没有任何风能动摇他们，有自己的规律和轨道。我认识的这些导师和沙门中，有一个人便是这样的完人，我永远也不能忘记他。他就是乔达摩，一个佛陀，那个讲道之人。每天都有成千上万的信徒听他宣讲自己的学说，每时每刻都依循他的训诫行事，可他们全都是飘落的树叶，内心并没有学说和戒律。”

卡玛拉含笑注视着他。“你又谈到他了，”她说，“你又回到沙门的思想上去了。”

悉达多沉默不语。接着，他们开始以卡玛拉所熟悉的三四十种不同的姿势进行爱情游戏。她的身体像一只美洲豹，也像猎人的弓一样柔韧；不论谁向她学习爱的艺术，都会品尝到各式各样的乐趣，洞悉无数秘密。她长久地逗弄着悉达多，引诱他又推开他，逼迫他又顺从他，欣慰于他纯熟的技巧，直至他被征服，精疲力竭地躺在她身边。

这个名妓俯身向着他，久久地凝视着他的脸，望着他那双疲倦的眼睛。

“你是我见过的最好的情人，”她沉思着说道，“你比别人更强壮，更有韧性，更为顺从。悉达多，你对我的艺术学得很到位。到一定的时候，在我年纪再大点的时候，我要为你生一个孩子。可是，亲爱的，你仍旧是一个沙门，你仍旧不会爱我，你任何人都不爱。难道不是这样吗？”

“大概是这样，”悉达多疲惫地说，“我和你一样。你也不爱任何人——否则，你怎么会把爱作为一门艺术来经营呢？像我们这样的人也许是不会爱的。像孩童一般的人才会爱，这是他们的秘密。”

轮回

悉达多过了很长时间的俗世生活，品尝到了种种乐趣，却仍然无所归依。他在狂热的沙门岁月中曾被扼杀的感官，如今又觉醒了，享用了财富和权势，情欲也得到了满足；但在这段漫长的时间里，他的内心深处依旧是一个沙门。卡玛拉，这个聪明的女人，一眼就看清了这一点。指引他生活的始终是那些思考、等待和斋戒的本领，与那些孩童般的世人，彼此始终陌生。

光阴荏苒，悉达多在安乐的日子里，几乎没有察觉到年华的流逝。他已经非常富有，早已拥有自己的宅邸和事业，以及城外河畔的一座花园。人们喜欢他，当他们需要金钱或忠告的时候就去找他，但是没有一个人能够接近他，除了卡玛拉。

成长中每一个光辉灿烂的时刻，那些聆听乔达摩传教、和戈文达分别后的日子，那些紧张的期待，那种没有教义和导师可以依靠的令人自豪的独立，那种随时在内心深处聆听神灵的等待，都逐渐变成回忆，成了过去。如今，曾经在他面前，甚至在他体内流动的圣泉，变得遥远，声息轻微。然而，许多他从沙门、乔达摩、身为婆罗门的父亲那里学到的东西，在经过了漫长的岁月后仍实实在在地留存在心里：节制的生活，乐于思考的习惯，潜修的方法，关于既不属于肉体也不属于意识的永恒自我的秘密。其中一些仍保留在他身上，还有一些则一个接一个地沉没，为尘土所掩埋。好像制陶工人的圆盘，一旦开始便会持续转动下去，到一定程度后会减慢速度，直至停止，悉达多灵魂中的苦修之轮、思考之轮、辨别之轮，连续转动了很久，还在不停地转动，但速度已经减慢，有些迟缓，即将停止。如同湿气渗入正在枯死的残枝，慢慢使其膨胀、腐烂一样，悉达多的灵魂里渗入了俗世之气和懒散之气，逐渐充满了他的全部，使之变得沉重、疲倦、麻木。同时，他的感官越来越活跃，学到了很多，经历了很多。

悉达多学会了做生意，学会了行使权力，学会了和女人寻欢作乐，学会了穿华丽的衣服、使唤奴仆以及在香气馥郁的水中沐浴。他学会了享用精心烹调的饭菜，吃鱼、吃肉、吃飞禽，享用香料和甜食，饮用让他迟钝、迷失的美酒。他学会了下棋、赌博、坐轿子、观看舞女表演、在柔软的床上睡觉。然而，他还是自认为与众不同，感觉自己比别人优越，永远略带嘲讽、轻蔑地旁观世人，正如他当沙门时常对世人怀有的那种感觉一样。每逢卡马斯瓦密有了病痛，发怒生气，自以为被人伤害，或因生意上的烦恼受折磨时，悉达多总是面带讥笑地袖手旁观。随着时间的流逝，一个个收获季节和雨季过去，悉达多这种讽刺的锋芒不知不觉地变得缓和，优越感也渐渐平息。随着财富的增长，悉达多被孩童般的世人同化，变得幼稚、怯懦。而且他开始羡慕他们，他和他们越是相似，就越是羡慕。他羡慕他们拥有自己缺乏的东西，那种对生活的重视，那种对欢乐和恐惧的热情，那种对不安而甜蜜的幸福的永恒追求。这些人永远迷恋自己，迷恋女人、孩子、荣誉和金钱，迷恋种种规划或理想。但是他并没有学习这种孩童般的欢乐和愚钝。他学习的只是那些自己讨厌的、蔑视的东西。后来，越来越频繁地出现这样的情况：一夜狂欢后的早晨，悉达多睡到很晚才起床，感觉头昏脑涨，四肢乏力。还出现了这样的情况：每当卡马斯瓦密跟他诉说烦恼时，他便会发怒，变得急躁不安。还出现了这样的情况：每逢赌博输了的时候，他便过分地纵声大笑。他的脸依然显得比其他人更聪明、更有精神，但笑得越来越少，他的脸上接连不断地出现富人们常见的表情，诸如不知餍足、病态、阴郁、懒散、冷酷无情。富人病态的灵魂侵袭了悉达多。

疲乏像一道纱幕、一层薄薄的烟雾降临在悉达多身上，慢慢变厚，并且一天又一天、一月又一月、一年又一年地变得又浓又沉，好像一件新衣服随着时间的流逝逐渐破旧，美丽的光彩随着时间的流逝消失不见，出现了斑点，出现了褶皱，边缘也开始破损，四处露出磨损的地方。悉达多的新生活也是如此，他和戈文达分手后的新生活也变得破旧，脸上丧失了当年的光泽，斑点和皱纹逐渐集聚，原来深藏的丑陋，如今一一显露出来，得到的只有失望和厌恶。悉达多对此毫无觉察。他只是发现自己内心深处那种响亮而坚定、一度使他觉醒并且在光辉灿烂的成功年代总能指引他的声音，如今变得沉默了。

俗世生活已经俘虏了他，娱乐、欲望、懒散以及他一贯认为愚蠢透顶且极其蔑视、讥讽的东西——贪婪，最后压倒了他。连金钱、家业和财富也把他俘虏了，它们对他来说已经不再是游戏和玩具，而成了负担和枷锁。悉达多最终陷入赌博这条不寻常的、奸诈的道路，陷入最可耻的歧途。当自己是一个沙门在他心里被遗忘，悉达多便开始了这种攫取金钱和珍宝的赌博，以往他一贯嘲笑此道，当作游戏而漫不经心，如今越来越当作癖好并津津乐道。他是一个令人生畏的赌徒，很少有人敢和他抗衡或投入更高的赌注。为了缓解内心的焦灼而赌博，把那些可怜的金钱挥霍殆尽，以获得一种发泄的快感。他找不到其他办法能够更清晰、更刻薄地表明对财富——被商人们奉为偶像的财富——的轻蔑与藐视。于是，他冷漠地投入极高的赌注，憎恨自己，嘲讽自己，赢得千金，又一掷千金，输掉金钱，输掉首饰，输掉庄园，后来又赢了回来，接着又输掉。每当他玩这种游戏时，那种恐惧，那种令人担心、令人窒息的恐惧就化为乌有；每当心惊胆战地投下极高的赌注时，他就获得一种快感，所以不断努力更新、升级。他的赌瘾越来越大，唯有如此，才能在饱和餍足、犹豫不决、单调乏味的生活里感到一丝幸福和陶醉。每次输了大笔的钱后，他便设法积累新的财富，更热心于生意，更严厉地强迫欠债者偿还欠款，为继续参加这种游戏，继续挥霍浪费，继续彰显对财富的蔑视。悉达多在输钱时已不再冷静、镇定，不允许欠债者拖延，对乞丐失去同情，对馈赠早已兴趣索然，不再借钱给那些求助的人。他，这个在赌博中挥金如土的人，在输光后可以付之一笑的人，做起生意却越来越厉害、越来越小气，偶尔夜里做梦还梦到金钱！他常常从这种可怕的梦魇中醒来，在卧室墙上的镜子中看见自己的面容日益衰老，变得丑陋。羞愧和恶心之感也常常向他袭来，于是他继续逃避，去追求新的幸福的游戏，逃入性和酒的麻醉之中，随后又回到忙于积累财富的冲动里。他在这毫无意义的反复中奔波，使自己精疲力竭，日益衰老，身患疾病。

一天，一个梦惊醒了他。那天黄昏时分，他和卡玛拉待在一起，在她那美丽的花园里。他们坐在树下聊天，卡玛拉讲了一些引人深思的话，其中隐藏着某种悲伤和倦意。她请求悉达多讲述乔达摩的事，并且总是听不够——眼睛如何纯洁，嘴唇如何美丽，笑容如何善良，步态如何端庄。悉达多不得不把这位高贵的佛陀的事讲了又讲，卡玛拉叹息道：“到一定的时候，也许就是不久，我就去追随这位佛陀。我要把我的花园赠送给他，我要从他的学说中寻求庇护。”可说完这话之后，她又开始挑逗他，在欲罢不能的爱情游戏中紧紧将他搂在怀中，一边流泪一边亲吻，仿佛要从这种短暂的欢愉中挤出最后一滴甜蜜。悉达多觉得有些奇怪，他从来不曾意识到，这种欢愉和死亡的距离是何等接近。他躺在卡玛拉身边，紧挨着她的脸。这时，他在她眼底和嘴角读出过去从未有过的担忧，一种由细密轻浅的皱纹所书写的担忧，一种让人想起秋天和晚景的担忧，就像他自己，年过四十，黑发间已经出现白发。卡玛拉美丽的脸上，记载着她走了一条长长的路，显得有些憔悴和疲倦，但这条路并没有愉快的终点。她私下还从未说过，甚至还没有意识到的恐惧：害怕衰老，害怕秋天，害怕必然来临的死亡。悉达多叹息着和卡玛拉告别，心中充满了悲伤，充满了隐秘的恐惧。

夜晚，悉达多在自己的宅邸里和一帮舞女饮酒消磨时光，跟那些和他地位相当的人开着玩笑，尽管已经失去了优越感。他喝了很多酒，午夜后才摸索着上了床。他感到非常疲倦，却依然很激动，几乎绝望得想大哭一场。他想要睡去，却久不能寐，心里满是无法承受的悲苦，满是厌恶，这种滋味就像是从胃里泛出的酒气，就像是令人觉得甜腻而迷茫的音乐，就像是那些舞女过分娇柔的笑声，也像是从她们头发上和乳房上散发出来的刺鼻的香气。而比这一切更令悉达多感到恶心的是他自己，是头发里的香气，是嘴里的酒气，是身体里的疲乏和不快。就像一个人吃得太多或喝得太多感到难受，希望能通过呕吐摆脱痛苦，这个失眠的人也希望自己在一阵巨大的恶心后，能够摆脱这种享乐与恶习，摆脱毫无意义的生活，摆脱自己。直至晨曦微露，街上开始喧闹时，他才稍有睡意。他迷迷糊糊地睡了片刻。就在这时，他做了一个梦——

卡玛拉有个金色的鸟笼，里面养着一只奇异的鸣鸟。他梦见了这只小鸟。这只小鸟变哑了，从前每天清晨时总是啼唱。他很奇怪，走近鸟笼，发现小鸟已经死了，直挺挺地躺在笼底。他拿出死鸟，在手里握了一会儿，然后扔了出去，丢在街上。就在这扔出去的瞬间，他感到非常害怕，觉得心里有一阵刺痛，似乎连同这只死鸟一起把一切有价值的、美好的东西也扔了。

醒来后，他觉得自己被一种深深的悲伤所笼罩。他看到自己以往的生活异常无聊，既没有价值，也没有意义；没有留下任何生机勃勃的东西，也没有任何珍贵或值得保留的东西。他是孤单的，心里很空虚，好像河滩上搁浅的破船。

悉达多情绪阴沉地来到那座属于他的花园，关好门后，坐在一棵杧果树下，感受着心中的死亡和恐惧。他坐着、思考着，觉得有什么在心里死亡、枯萎，正走向尽头。他慢慢集中思绪，一生所走过的路在脑海中浮现，从能够想起的最早的日子开始。他是否经历过幸福、真正的欢乐呢？噢，有的，他曾有过许多次这样的经历。少年时的他就品味过这种欢乐，背诵圣诗、和导师们辩论、担任祭祀仪式的助手时都表现得出类拔萃，因而赢得婆罗门的夸赞。那时，他心里有过这样的感觉："你面前有一条路，你正受到它的召唤，神在期待着你。"到了青年时代，头脑中奋斗的目标变得更高，他从大群有同样追求的人中脱颖而出，为婆罗门的思想而痛苦，每次获得新知都在心里点燃了新的求知欲。于是，他总听见同一个声音在召唤："向前！向前！你是你的使命！"他接受了这个声音，离开故乡，选择沙门生活；当他离开沙门时，他又一次听见了从这个声音，来到那个完人身边，后来还是这个声音让他离开那个完人，走向迷茫。他已多久没听过这个声音了？他已多久不再攀登高峰了？他这些年走过的道路何等平坦、何等荒芜？这么多年来，他没有了崇高的目标，没有了心灵的欲求，没有了提高。他满足于小小的欢愉，事实上却从不曾获得满足！连他自己也未意识到，他这些年里努力并渴望成为众人之一，但他的生活较之孩童般的世人更悲惨、更可怜，因为他们的目标和他并不一样。对他来说，卡马斯瓦密这类人的世界只是一场游戏而已，只是一场供人观赏的舞蹈、一幕喜剧。唯独卡玛拉是他真心所爱的，是他十分珍惜的——但是她现在怎么样了呢？他还需要她，或她还需要他吗？难道他们要玩一场没有尽头的游戏？为这场游戏而活着是必要的吗？不，这是不必要的！这场游戏的名字叫轮回，是一场孩童的游戏，也许令人迷恋，一次，两次，十次——但可以永远玩下去吗？

悉达多顿时明白了，这场游戏已经到达终点，不能再继续下去了。一阵战栗袭遍全身，他感到内心深处有什么已经死去。

那日，他一直坐在杧果树下，思念父亲，思念戈文达，思念乔达摩，为了成为卡马斯瓦密式的人而离弃他们值得吗？夜幕降临时，他依然坐着不动。他一边抬头仰望天上的星星，一边想："我现在坐在自己的杧果树下，坐在自己的花园里。"他微微一笑——他拥有这么一座花园，拥有这么一棵杧果树是正确的吗？是必要的吗？难道这不也是一场愚蠢的游戏吗？

他决定对一切做个了结，这些东西在他眼中已经死去。他站起身来，向杧果树告别，向花园告别。由于整日没有进食，他感到一阵剧烈的饥饿，想起自己在城中的宅邸，想起自己的卧室和床，想起摆满食物的餐桌。他疲倦地笑着，摇了摇头，向这一切告别。

就在这个夜晚，悉达多离开了他的花园，离开了这座城镇，之后再也没有回来。卡马斯瓦密寻找了很久，认为他一定是落入强盗手中遭遇了不测。卡玛拉没有找过他。当听到悉达多失踪的消息时，她丝毫不感到惊讶。她不是一直等着这一天吗？他原本不就是一个沙门、一个流浪者、一个苦行僧吗？她想的最多的是最后一次相聚时的感受，他们在失去的痛苦中寻求欢乐，最后一次把他紧紧地抱在胸前，再一次彻底被他占有、征服。

当卡玛拉听到悉达多失踪的消息时，她走到窗前，走到关着奇异鸣鸟的金色鸟笼前，取出小鸟，放飞空中。她久久地目送着飞走的鸟。从这天起，她关闭了自己的宅邸，不再接待客人。不久之后，她发现和悉达多最后的交欢，竟然使她怀孕了。

岸边

悉达多在林中游荡，离开那座城镇已经很远，他只有一个想法：绝不再回那座城镇，多年的生活已成过去，他已经尝够了，甚至到了恶心的地步。那只会唱歌的鸟已经死去，这是他梦中所见。事实上，那只鸟已经在他的心里死去。

他深深困于轮回之中，从方方面面尝够了厌恶和死亡的滋味，好像一块吸够了水的海绵，已经饱和。他对一切都已厌倦，心里充满痛苦和死亡的感觉，世界上再没有任何东西能吸引他，让他高兴，让他得到安慰。

他热切地渴望忘记自己，渴望得到安宁，也渴望死亡。但愿有一道闪电击毁他！但愿有一只猛虎吃掉他！但愿有人给他一杯酒，一杯毒药，使他麻醉、忘却和沉睡，永远不再醒来！难道还有哪种污秽是他不曾沾染过，哪种罪孽和蠢事是他不曾做过，哪种灵魂的空虚是他不曾承受过的吗？难道他还能活下去吗？难道他还能一次又一次重新呼吸，重新感到饥饿，重新进食，重新睡觉，重新躺在女人身边吗？这种轮回对他来说不应该中断甚至结束吗？

悉达多来到林中的一条大河边。这正是当年他年轻时，从乔达摩所在的城镇出来，要求一个船夫为他摆渡的那条河。他停下来，犹豫不决地站在河岸上。疲劳和饥饿已经使他十分虚弱，他为什么还要继续往前走，要去往何处，奔向什么目标呢？不，他已经不再有任何目标，除了这些充满深深的痛苦的渴望，除了那场震撼了自己的荒唐的梦，除了吐出自己饮下的这杯苦酒，除了结束这可怕而可耻的生活，他已经什么也没有了。

一棵椰子树弯曲着伸向河面，悉达多将肩膀靠在树干上，用一条胳膊抱住树干，俯视着碧绿的河水，河水在身下潺潺流动。他看着河水，心头涌起一个坚定的愿望：解脱自己，让自己沉没在河里。河水显现出一种可怕的空虚，这正是他内心的空虚。是的，他已经到了尽头。留给他的只有毁灭自己，摧毁毫无作为的一生，彻底抛弃，不理会神灵的嘲笑。这正是他热烈向往的大解脱——死亡，彻底破坏他憎恨的肉体！但愿鱼儿能把他吞食干净。

这条叫悉达多的狗，这个疯子，这个腐烂的肉体，这个毁坏的灵魂！但愿鱼群和鳄鱼将他吞食，但愿恶魔把他撕碎！

悉达多看着水中歪曲的脸，呕吐起来。他虚弱地松开了抱着树干的胳膊，稍稍转身，以便垂直落进水里，最终葬身水底。他要紧闭双眼沉下去，迎接死亡。

这时，从他灵魂的一个偏僻角落，从他疲倦的一生里某个遥远的过去，传来了一个声音。这是一个字、一个音节，他不假思索便喃喃地念出了声，这是所有婆罗门祈祷词中第一个字和最后一个字，这就是神圣的“唵”，和“圆满”或“完美”具有同样丰富的意义。就在“唵”的声音传进悉达多耳朵的瞬间，他那已经死去的灵魂猛然苏醒，使他认清了自己愚蠢的行为。

悉达多深感震惊。如今，他竟处于这等境地，如此孤独，竟背弃一切知识误入歧途，自寻短见，以致这个稚嫩的死的愿望在他身上变得如此巨大——为了寻求内心的安宁，竟不惜毁灭自己的肉体！一切痛苦、一切醒悟、一切失望，在最后这段时间都没能影响他，而眼前这一瞬间，这个“唵”深深地进入了他的意识，并对他产生了影响，促使他认识到自己的不幸和迷惘。

“唵！”他念出了声，“唵！”他想起了婆罗门，想起了不可摧毁的生命，想起了自己已经忘却的神圣的东西。

虽然这一切只发生在一刹那，犹如一道闪电，悉达多却已经倒在了椰子树下，他的头枕在树根上，陷入了深深的梦乡。

他睡得很熟，一个梦也没做，他很久都没有睡得这样香甜了。几个小时后，当他醒来时，感觉好像已经过了十年之久。他听见轻柔的流水声，不知自己身在何处，是谁把他弄到了这里。他睁开眼睛，吃惊地看到头顶是树木和蓝天，回想自己在什么地方，为什么会来到这里。然而，他还是迷糊了很久，过去像被一层纱幕笼罩着，无比遥远，无限宽广，又完全无关紧要。他只知道自己过去的生活（在他开始沉思的瞬间，这种生活又在脑海中浮现，像是早已消逝的往日的化身，像是当下这个自我的早产儿）——而他已经离弃了过去的生活，满怀厌恶和不幸，宁愿抛弃生命。他在一条河边，在一棵椰子树下，想要回归自我，嘴里念诵着神圣的“唵”，然后安然睡去，此刻醒来却成了一个新人，看着周围的世界。他轻轻地念出“唵”，他曾在默诵这个神圣的字时入睡，如今觉得沉睡不过是一次悠长而深沉的“唵”的念诵，是一次“唵”的思考，是一次深入沉思和彻底到达“唵”的境界，到达不可名状的完美境界。

这是一次何等奇妙的睡眠啊！有生以来还从没有哪次睡眠竟能让他像今天这样头脑清醒、精神抖擞，也仿佛年轻了许多！也许他真的已经死去、消亡，投生到一个新的躯体里？但事实并非如此，他认识自己，认识这双手和双脚，认识他所躺的地方，认识这个心中的自我，认识悉达多这个固执而奇怪的人。然而，这个悉达多已经有所变化，获得了新生，令人奇怪地沉沉入睡，又奇异地醒来，心情愉悦，对一切又充满好奇。

悉达多坐起身来，看见对面坐着一个人，一个陌生人，一个穿着黄色僧衣、已经剃度的僧人，他正在打坐静修。他看着那个既没有头发也没有胡子的陌生人，片刻后就认出是戈文达，是青年时代的好友，那个向可敬的佛陀寻求庇护的戈文达。戈文达老了，和他一样，但脸上的神色依然如故，流露出热切、忠实、探求和慎重。此刻，戈文达也感觉到了他的目光，睁开眼睛望着他，悉达多看出戈文达并没有认出自己。戈文达见他醒过来十分高兴，显然已在这里坐了很久，等待他苏醒，尽管他并没有认出悉达多。

“我睡着了。”悉达多说，“你怎么会在这儿？”

“你是睡着了，”戈文达答道，“在这种地方睡觉很不好，这里毒蛇成群，又是林中野兽出没之处。噢，先生，我是尊敬的乔达摩的弟子，就是那个佛陀、那个释迦牟尼的弟子，我和一群与我一样的弟子去朝圣，途经此地看见你躺在水边，正睡在一个危及生命的地方。因此，我试图唤醒你，噢，先生，我见你睡得很香，便决定留下来守护你。但是，你瞧，连我自己也睡着了，而我本意是要守护熟睡的你。我并不称职，疲倦征服了我。你现在已经醒了，我可以去追赶自己的弟兄了。”

“我感谢你，沙门，你在我熟睡时守护了我，”悉达多道谢道，“你们佛陀的弟子待人厚道。你可以继续赶路了。”

“我去了，先生。祝愿先生永远健康。”

“谢谢你，沙门。”

戈文达行了一个礼，说：“再见。”

“再见，戈文达。”悉达多回答。

僧人呆住了。

“先生，请允许我问一句，你怎么会知道我的名字？”

悉达多微笑着。

“噢，戈文达，我认识你，在你父亲的小屋里，在婆罗门学校里，在祭祀的仪式上，在一起追随沙门的途中，在祇树给孤独园里请求佛陀收你为弟子的时候。”

“你是悉达多！”戈文达大声叫道，“现在我认出你了，我真弄不明白自己怎么没有立刻认出你。欢迎你，悉达多，能够再见到你，我很高兴。”

“我也很高兴再见到你。你是我熟睡时的守护者，我得再次表示感谢，虽然我并不需要任何守护。噢，我的朋友，你要到哪里去？”

“哪里也不去。我们僧人常年云游四方，只要不是雨季，总是从一处赶到另一处，按照规律生活，讲道、乞食，然后动身上路。永远如此。你呢，悉达多，你要到哪里去？”

悉达多说：“我和你一样，朋友，我也哪里都不去。我只是在朝圣的路上。”

戈文达说：“你说你也去朝圣，这我相信。但是很遗憾，悉达多，你看上去不像一个朝圣者。你穿的是有钱人的衣服，脚上是最上等的鞋子，头发上的香水味芬芳怡人，这可不是一个朝圣者的头发，不是一个沙门的头发。”

“是的，亲爱的，你观察得很仔细，你敏锐的目光看清了一切。然而我并没有对你说我是一个沙门，我只是说我要去朝圣。事实便是这样，我正要去朝圣。”

“你去朝圣，”戈文达说，“可是很少有朝圣者穿这样的衣服、鞋子，有这样的头发。我朝圣多年，还从没遇到过像你这样的朝圣者。”

“亲爱的戈文达，我相信你所说的。但今天，你恰巧碰见了一个这般模样的朝圣者，衣服华丽，鞋子高贵。请记住，亲爱的：造化世界是短暂多变的、暂时的，而最不能持久的是我们的外表、发式，以及头发和身体。我身上穿着富人的衣服，你清楚地看到了这点。我如此穿戴，因为我曾经是富人，而我的头发修饰得像一个沉湎于酒色的人，因为我曾经是他们中的一员。”

“那么现在呢，悉达多，你现在怎么样呢？”

“我不知道，我知道得和你一样少。我正在途中。我曾是富人，如今不再是了；而明天将会怎样，我也不知道。”

“你失去了你的财富？”

“我失去了财富，或者说它失去了我。对我来说，是丢了它。戈文达，造化的车轮转动何其迅速。婆罗门悉达多在哪里？沙门悉达多在哪里？富商悉达多在哪里？一切暂时之物都是过眼烟云，戈文达，你是明白的吧。”

戈文达久久注视着自己的朋友，眼睛里满是疑虑。然后，像对待上等人那样祝福他，就转身而去。

悉达多微笑着目送他远去。他一直爱着戈文达，这个为人忠实、行为谨慎的人。在当前这个时刻，在经历了为“唵”所渗透的奇妙睡眠之后的美妙时刻，他怎能不爱任何人、不爱任何事物呢！睡眠和“唵”在他身上所发生的情况恰恰就是魔力之所在，使他热爱一切，对眼前的东西满怀欢乐的爱。对悉达多来说，魔力正在于此，过去他病得那么严重，不爱任何东西和任何人。

悉达多含笑目送着逐渐远去的僧人的背影。睡眠使他精神倍增，但是饥饿也在剧烈地折磨着他，他已经有两天不曾进食，早已失去了抵抗饥饿的能力。他既忧伤又微笑着回想过去。他清楚地记得，当年曾向卡玛拉夸耀自己拥有三种高贵而不可战胜的本领——斋戒，等待，思考。这曾经是他的财富、他的权力和力量、他的坚固的支柱，在勤奋而艰苦的青春岁月，他学习的就是这三大本领，别无其他。如今，他遗弃了它们，不再斋戒、等待和思考。他用这些换取了最可耻的东西，那些昙花一现的东西，那些肉体的欲望、奢侈的生活以及财富！事实上，他的境遇何等古怪。看来，他已真正成为一个凡夫俗子。

悉达多思考着自己的处境。他曾经对思考毫无兴趣，现在更觉得思考困难，却强迫自己进行思考。

他想，总算摆脱了这过眼烟云般的一切，又自由自在地站在阳光下，就像过去还是个孩子时那样，又一无所有，什么都不会，什么都不懂，什么都没学。这种情况多么惊人啊！现在，当我不再年轻，头发已白，精力也减退衰弱的时候，我又要像孩子似的从头开始一切！悉达多又无奈地笑了笑。是啊，他的命运是何等奇特呀！他越活越糟糕，因而如今又两手空空，赤裸而愚蠢地独自站在这个世界上。但他对此毫不忧虑，相反，有种巨大的刺激引得他想大笑，笑自己，也笑这个奇怪而愚蠢的世界。

“世事跟着你走下坡路！”他笑着自言自语道。他把目光投向脚下的河水，看见河水也是往前流的，永远不停地往前流，而且一边流一边欢乐地唱着歌。这让他很高兴，他亲切地朝河水微笑。“这不正是那条他一度想淹死自己的河吗？是在一百年以前，或者是在他的一场梦中？”

他想，我的生活确实奇怪，走了许多奇怪的弯路。在儿时，我只和神灵打交道，做祭祀。青年时，我只奉行禁欲主义，进行思考和禅定，寻找婆罗门，崇敬永恒的阿特曼。年纪再大些，我追随忏悔者，生活在林中，忍受酷热和严寒，学习忍饥挨饿，学习麻痹自己的身体。随后，那位佛陀伟大的学说又奇妙地启发了我，我感到关于世界统一性的认识就像血液似的在体内循环。可即使是佛陀和他伟大的智慧，我也不得不离开。我走了，跟随卡玛拉学习爱情，跟随卡马斯瓦密学习做生意，积累金钱，又浪费金钱，学会了娇宠自己的肠胃，学会了逢迎自己的肉体。我为此花费了许多年，丧失了灵魂，荒芜了思考，忘却了统一性。事实不正如此吗？在这条漫长而曲折的道路上，我从一个男子汉变成了孩子，从一个思考者变成了一个凡夫俗子。然而，这条路也有过美好的时候，我心中的鸟儿尚未死去。但这是一条怎样的道路呢！我不得不经历如此多的蠢事、罪恶、谬误、丑恶、绝望和不幸，仅仅为了重新成为一个孩子，为了能从头开始。然而这是正确的，我的内心认为是对的，我的眼睛为此而欢笑。我必须经历种种失望，让自己的思想下降到一切最愚蠢的思想中去，直至想到自杀，以便能体会神的恩典，重新听见"唵"，得到真正的睡眠和真正的觉醒。我必须为自己建造一扇大门，在心中重新找到阿特曼。为了能够重新生活，我不得不犯下罪孽。我还有什么路可走呢？这条路是滑稽可笑的，弯弯曲曲，也许还在绕圈子。然而只要是路，我就愿意随之前行。

悉达多感到心中翻腾着奇异的喜悦之情。

这种喜悦来自何处？他扪心自问。难道是这次长长的、美好的睡眠使我如此幸福吗？或者来源于我所念诵的"唵"？或者来源于我的逃遁，彻底摆脱，终于自由，好像站在天空下的孩子？噢，这种逃遁多么美好，这种自由多么美好！这里的空气纯净而新鲜，多么令人舒畅！而那边，我离开的那个地方，那里的一切都散发着一股油膏味、香料味和酒气，有一种奢侈和懒惰的味道。我多么憎恨那个富人的世界，那个贪婪者、赌博者的世界啊！我多么憎恨自己，居然在那个可怕的世界里逗留了那么久！我竟然那样惩罚自己、毁坏自己、毒害自己、折磨自己，让自己变得又老又坏！不，我再也不会做这些曾经非常喜欢的事了，相信悉达多要变聪明了！我这次做得不错，终于结束了对自己的憎恨，结束了愚蠢而荒芜的生活，我必须对此表示赞美！我赞美你，悉达多，经过那么多年的愚昧之后，终于有了突破，做出了行动，听见了心中那只小鸟的歌唱，并且随着歌声而去！

他由衷地自我赞美着，又好奇地倾听着胃肠里因饥饿而发出的咕噜声。他觉得这段时间尝尽了痛苦和悲伤，以至于完全被绝望和死亡吞食。然而这样也是好的。倘若他没有在卡马斯瓦密身边停留如此之久，赚取金钱又浪费金钱，填饱肚子却让灵魂枯竭；倘若他没有在这个舒适的、软绵绵的地狱里待如此之久，便不可能有这种完全无法安慰的绝望时刻，也就是这个站在滚滚的河流之上决定毁灭自我的极端时刻。他尚能感受绝望和深恶痛绝的感情，但是没有屈服，那只鸟，那欢乐的源泉和声音，依旧生动地活在心里，他为此感到快乐，为此放声欢笑，白头发下的脸因此容光焕发。

"这样很好，"他想，"把人们认为必须知道的一切都品尝品尝。俗世的欢愉和财富并不是什么好东西，我从小就已经学过。我早就知道这一点，亲身经历却是最近的事。如今我算是真正知道了，不仅在记忆中，而且亲眼所见，更用自己的心和自己的胃进行了体验。我很高兴懂得了这一切！”

他久久地思考着自己的转变，悉心倾听那只鸟儿和他一样欢乐地歌唱。他曾经不是觉得这只鸟儿在他心中死去了吗？不，在他心中死去的是别的东西，是一些早已渴望死去的东西。它们不正是那些狂热的忏悔年代中要加以扑灭的东西吗？它们不正是那个自我，那个渺小、不安而骄傲的自我，那个与之战斗了多年却总是一再被其征服的自我吗？它们不正是死去之后又复活，禁止欢乐却接受恐惧的自我吗？它们不正是那些使他在眼前这条可爱的河里自寻死路的东西吗？它们不正是因为这场死亡，使他变成一个孩子，满怀信心、无所畏惧、充满欢乐吗？

悉达多直到此刻才明白，当年作为一个婆罗门、一个忏悔者，在这场和自我的斗争中为什么会徒劳无益。是太多的知识阻碍了他，太多的诗句、太多的祭祀规则、太多的苦行本领、太多的行动与追求。他曾经多么高傲，总是自以为最聪明、最勤奋，永远比别人先行一步，永远是最有学问和最高尚的人，永远是僧人或智者。他的自我一直悄悄潜藏在这种高傲和智慧里，坚固地在那里生根、成长，而他还以为在斋戒和忏悔中已将它杀死。现在，他看得很清楚，心中那秘密的声音是正确的，没有任何导师能够拯救他。他不得不步入俗世世界，迷失在情欲、权力、女人和金钱中，充当商人、赌徒、酒鬼和财迷，直至僧人和沙门在他心中死去。因而，他不得不继续忍受不堪的生活，忍受恶心，忍受一种毫无意义的荒芜而迷茫的生活，直到结束，直到陷于极度绝望，直到连寻欢作乐的悉达多、贪得无厌的悉达多也死去。他已经死了，一个新的悉达多从睡梦中觉醒。总有一天，这个新的悉达多也会衰老，也会死去。悉达多是短暂的，世上任何生命都是短暂的。但他今天是年轻的，是一个孩子，这个新的悉达多，心里充满了欢乐。

他思考着这些问题，微笑地听着胃里的响声，感激地听着一种蜜蜂似的嗡嗡的声响。他愉快地望着眼前滚滚的河流，从来没有哪条河比这条河更让他欢喜，从来没有哪条河的流动有如此强烈而美妙的声音和含义。他觉得河水仿佛在对他诉说什么特别的东西，诉说某些正待他去领悟而现在还不了解的东西。悉达多曾经想在这条河里自溺，如今，那个衰老、疲倦、绝望的悉达多已经淹死在这里。新的悉达多对这条奔涌的河有着深深的爱，他决定不再马上离它而去。

船夫

我要留在这河边，悉达多暗自想到。当年我走向俗世生活时经过的正是这条河，当时有一个待人亲切的船夫渡我过河，我要去找他。我当年从他的茅舍离开后，开始了一种新的生活，现在这种生活已经衰亡——但愿我当下的道路和新生活，能从那里有一个好的开始！

他温柔地看着湍急的河水，这片清澈的碧水勾画出富有神秘气息的水晶般透明的线条。他看见从水底升起一串串珍珠似的光亮，一个个气泡在如镜似的水面上嬉戏，水面上倒映着湛蓝的天空。这条河正用自己的千万双眼睛看着他，有绿色的，也有白色的、天蓝色的，还有水晶般的。河水使他心旷神怡，他多么爱这条河，多么感谢它！他听见心里有个声音，这个觉醒的声音对他说："爱这条河吧！留在它身边吧！向它学习吧！"噢，是的，他愿意向它学习，愿意倾听它的声音。谁懂得这条河以及它的秘密，在他看来，肯定也会懂得许多别的东西，懂得许多别的秘密，懂得一切秘密。

而他今天只看见河水的一个秘密，就立即被抓住了灵魂。他看到河水滚滚奔流，永不停息地流逝，却又像总是停留在原地，不管怎样，河水永远是相同的水，但每时每刻又都是全新的水！噢，有谁了解它们、懂得它们呢！他并不懂得和了解，只觉得心里正升起一种预感，遥远的回忆和神的声音在脑海中回响。

悉达多挺直身体，腹内强烈的饥饿感使他难以忍受。他继续朝前漫步，沿着岸边的小道，沿着河流，一边倾听着流水声，一边倾听着饥肠辘辘的咕咕声。

他来到渡口，看见那条船停在原处，船夫也依旧是当年摆渡年轻的沙门的那个船夫。船夫正站在船里，悉达多认出了他，他苍老了许多。

"你愿意渡我过河吗？"悉达多问。

船夫看见一个衣着华丽的人孤身一人，又是徒步到河边，很是吃惊，请客人登船后，便把船撑离了河岸。

"你选择了一种美妙的生活，"客人说，"每天生活在这条河上，又天天行驶在水面上，肯定非常美妙。”

船夫一边摇橹一边笑着答道：“先生，正如你所说的，这种生活是很美。难道不是每一种生活、每一种工作都很美吗？”

“但愿如此。可我还是很羡慕你和你的工作。”

“啊，你很快便会失去兴趣的。它可不适合衣着华丽的人。”

悉达多大笑道：“今天，这身衣服已经让我被人猜疑。船家，你愿不愿意接受我这身已经成为累赘的衣服？应该让你知道，我身无分文，付不出渡船费。”

“先生在开玩笑。”船夫笑着回答。

“我没有开玩笑，朋友。你瞧，我曾白搭你的船渡过一次河，愿上天保佑你。我今天同样身无分文，请收下我的衣服吧。”

“那么先生不就要光着身子赶路了吗？”

“噢，但愿我不再继续赶路。船家，如果你能给我一条旧围裙，接受我当你的助手，更确切地说，是当你的学徒，那真是再好不过了，因为我首先得学会如何撑船。”

船夫久久地凝视着这个陌生人。

“现在我认出你了，”他终于说道，“你曾在我的茅舍里睡过一夜，自那以后直到今天，有二十多年了吧，当年我把你渡过河去，就像好友一样分手告别。记得那时你不是沙门吗？你的名字我已想不起来了。”

“我叫悉达多。你上次见到我时，我是一个沙门。”

"欢迎你，悉达多。我叫华苏德瓦。我希望你今天依然做我的客人，睡在我的茅舍里，并且告诉我，你从何处来，以及为什么这身华丽的衣服成了你的累赘。"

他们已经来到河心，华苏德瓦加紧划桨，迎着逆流朝对岸前进。他有力的双臂镇定自若地划着桨，目光直视着船头。悉达多坐着，看着船夫，回忆起沙门岁月的最后一天，当年心里也曾激起过对此人的热爱之情。他感激地接受了华苏德瓦的邀请。当他们靠岸后，他帮助船夫把船固定在木桩上，之后船夫把他请进茅舍，用面包和水款待他。悉达多津津有味地吃着，还吃了华苏德瓦端给他的杧果。

太阳落山时，他们两人一起坐在岸边的一根树干上，悉达多开始向船夫讲述自己的出身和经历，描述自己在今天、在那些绝望的时刻，眼中所见到的景象。他一直讲到深夜。

华苏德瓦全神贯注，一字不漏地倾听着悉达多的一切——他的出身，他的童年时代，他所学习的一切，他所探寻的一切以及他一切的欢乐和痛苦。这正是这位船夫最伟大的美德，很少有人能像他这般倾听。不用华苏德瓦说一个字，讲述者就觉得他已经把话全记在了心上。船夫如此安静、坦诚、耐心地听着，不错过一句话，没有丝毫不耐烦，也不表达任何赞美或责备，只是静静地倾听着。悉达多感到自己有幸结识这么一个乐于听他讲述的人，真是何等幸运，可以把自己的一生、自己的追求和苦恼都深深埋藏进他的心里。

最后，当悉达多讲到河边的那棵大树，讲到自己的堕落，讲到神圣的“唵”，讲到自己在那次睡眠后对河水所怀有的深厚的感情，船夫比方才更加注意地倾听着，双目紧闭，全神贯注。

悉达多讲完了，两人长久地沉默，之后华苏德瓦终于说道：“情况正如我所想的。河水向你诉说。你也是它的朋友，所以它也和你说话。这很好，好极了。和我待在一起吧，悉达多，我的朋友。从前我有一个妻子，她的床就在我的旁边，她已经去世很久，我已经过了很长时间的单身生活。你和我一起生活吧，这里的房子和食物足够我们享用。”

“谢谢你，”悉达多说，“我感谢你，并接受你的邀请。华苏德瓦，我还要谢谢你，你能如此善意地倾听！很少有人懂得倾听，我没有遇到过像你这么懂得倾听的人，我要向你学习。”

“你会学会的，”华苏德瓦回答说，“不过不是跟我学习。是河水教会我倾听的，你也要跟它学。这条河懂得一切，人们能够向它学习一切。你瞧，你已经在向它学习了，这样很好，你要不断地努力，沉下去，往深处探索。富裕而高贵的悉达多要当一个船夫的助手，有教养的婆罗门悉达多要成为一条渡船上的船夫，这也是河水对你说的。你将来还会从它那里学到其他东西。”

又过了一段长长的间歇，悉达多问道：“还有别的吗，华苏德瓦？”

华苏德瓦站起身来。“夜深了，”他说，“我们去睡觉吧。我不能再跟你说‘别的’了，噢，朋友。你以后会学到的，也许你现在就已经懂得。瞧，我不是一个导师，不善于讲话，也不擅长思考。我只懂得倾听和待人诚恳，此外便一无所长。倘若我能言善辩，会开导人，我大概早就成了圣人，然而我只是一个船夫，我的任务就是渡人过河。我已经为成千上万的人摆渡，这条河在他们眼中只是旅途中的一个障碍而已，并无其他意义。他们为了金钱和生意外出，也有人去参加婚礼，或者去朝圣，这条河是他们途中必经的，船夫正是为他们迅速越过障碍而存在于此的。成千上万人中有极少数人，很少的几个人，四个或五个吧，听见了河水的声音，他们倾听着，于是这条河对于他们也像对于我一样变得神圣起来，不再是障碍。让我们去休息吧，悉达多。”

悉达多和船夫住在一起，向船夫学习撑船，当不需要摆渡时，就和华苏德瓦一起去稻田里干活，收集柴火或采摘芭蕉果。他学习制作船桨，学习修补船只和编篮子，他对自己所学的一切都兴致勃勃。时间就这样一天天、一月月地飞逝。河水比华苏德瓦教给他的东西多。他不停地向河水学习，首要的是向它学习倾听，以宁静的心境、有所期待和敞开的心灵，没有痛苦、不带欲望、不予评论也不提见解，静静地倾听。

他和华苏德瓦一起和睦地生活着，偶尔互相交谈几句，都是经过深思熟虑的。华苏德瓦不喜欢说话，悉达多很少能激起他谈话的兴致。

“你有没有，”悉达多有一次问华苏德瓦，“从河水那里学到一个秘密——时间究竟存在不存在？”

华苏德瓦的脸上露出明朗的笑容。

“悉达多，”他说，“你的看法正是事实：河水不论流到何处都是同一时间，不论在源头或河口，还是在瀑布、渡口或急流中、海洋里、群山间，到处都一样，都是同一时间，因为对河水来说只存在当前，既没有过去的影子，也没有未来的影子。”

“是这样的，”悉达多答道，“当我向河水学习这些的时候，我看见自己的一生也是一条河，少年悉达多成了青年悉达多，又成了老年悉达多，只是被影子隔开，并非现实的生活。因而悉达多早年的出生并不是过去，他的死亡以及返回婆罗门也并非将来。万物没有过去，也没有将来；一切只有本质和当下。”

悉达多兴奋地说着，为自己这种大彻大悟而感到幸福。“噢，一个人有朝一日能够战胜时间，能够把时间置之度外，岂非就已经克服和扫清了时间所留下的一切痛苦、一切自我折磨和恐惧，以及世界上一切困难和仇恨？”悉达多越说越兴奋。华苏德瓦只是微微含笑，容光焕发地看着他，赞许地点着头，一声不吭，随后轻轻地拍了拍他的肩膀，转过身去做自己的事了。

又一次，正值河水猛涨、水流湍急的雨季，悉达多问道：“噢，朋友，河水是不是有很多声音，很多不同的声音？它是不是有国王的声音、战士的声音、公牛的声音、夜鸟的声音、产妇的声音、叹息者的声音，以及成千上万种其他声音？”

“正是如此，”华苏德瓦点了点头，“世间万物的一切声音都存在于河水中。”

“你可知道，”悉达多继续问道，“它说的是什么字，能够让你同时听见成千上万种声音？”

华苏德瓦的脸上露出了幸福的笑容，他低头凑近悉达多，在他耳边念出了神圣的“唵”。这恰恰也是悉达多从河水里听见的声音。

年复一年，悉达多脸上的笑容和船夫的越来越像，几乎同样容光焕发，同样满面欢颜，同样闪现着千百条细细的皱纹，同样天真无邪，也同样白发卷卷。许多过路人看见这两个船夫都认为他们是一对兄弟。黄昏时分，他们常常一起坐在河边的树干上，静静地谛听河水的流动。这对他们来说，已经不是水流的声音，而是生活的声音，是存在的声音，是永恒的未来的声音。于是偶尔会出现这样的情况：他们在谛听河水时想到了同一件事情，想到了前一天的一场谈话，想到了某个过路人，并极力回想此人的面容和遭遇，还同时想到了死亡，想到了他们的童年。每当河水告诉他们一些美好的事物时，他们的目光就会在瞬间不约而同地相遇，两个人思考的恰巧是同一件事，又同时为相同的问题得到了相同的答案而感到幸福。

有些过往的行人觉察到，这条船和这对船夫有些特别。有时，某个行人盯着一个船夫的脸，开始讲述自己的生活、自己的苦恼，忏悔自己的劣迹，恳求安慰和忠告。有时，某个旅客请求和他们共度一个夜晚，以便谛听河水的声音。有时，某些好奇的人听说这条船上生活着两位智者、魔术师和圣人，就纷纷向他们提出许多问题，但都没有得到答复，发现他们既不是魔术师，也不是圣人，只是一对和蔼可亲的老人，沉默寡言，看上去有点特别，有点迟钝。这些好奇者哈哈大笑，谈论着传播谣言的人是何等愚蠢、轻信。

许多年过去了，没人再谈论他们。有一天，来了一些朝圣的僧人，他们是佛陀乔达摩的弟子，请求渡河。两位船夫从他们的口中得知，到处流传着佛陀病危的消息，肉身即将解脱，进入涅槃，因此，他们十分着急地要赶到伟大的导师身边。不久，又来了一大群朝圣的僧人，接着又来了一大群，就连大多数路人也不谈别的，在谈论乔达摩，谈论他即将涅槃。就像参观军队出征或国王加冕，人群从四面八方蜂拥而至，简直像蚂蚁聚集一般，好像被一种魔力吸引，纷纷来到伟大的佛陀即将涅槃的地方，来到即将发生大事的地方，来到一个时代的伟大完人即将圆寂的地方。

悉达多这段时间常常想到这位垂危的圣人、这位伟大的导师，他曾用声音警示民众，唤醒了千千万万人。悉达多也聆听过他的声音，也满怀敬畏地凝望过他圣洁的容颜。悉达多亲切地回忆着佛陀的一切，眼前似乎呈现出他的完美之路，不禁微笑着回忆起年轻时跟佛陀说的那番话，觉得既傲慢又圆滑。尽管没有接受乔达摩的学说，但他早就知道和他不会分开太久。不，一个真诚的探索者，一个真正想有所发现的人，是不可能接受任何学说的。然而，这个人一旦找到了，就会认可每一种学说、每一条道路、每一个目标，没有任何东西能把他和千千万万个生活在永恒之中并呼吸着神的气息的人隔开。

就在许多人去朝拜即将圆寂的佛陀的某一天，在络绎不绝的人群中，也有昔日最美的名妓卡玛拉。她早已退出往日的繁华生活，把花园赠给了乔达摩的弟子们，接受了乔达摩的学说，成为朝圣者的施主和好友。她一听说乔达摩病危的消息，便带着儿子小悉达多上路了，衣着简陋，徒步而行。他们到达这条河边时，孩子早已疲乏不堪，想要回家，想要休息，想要吃饭，变得任性起来，又哭又闹。卡玛拉只好不断迁就他停下来休息。孩子已经习惯反抗卡玛拉，卡玛拉不得不给他喂食，安慰他，呵斥他。孩子不明白，为什么他和母亲必须走上这条又苦又累的朝圣之路，去一个陌生的地方去探望一个圣人，一个临死的陌生男人。他死了，和小孩有什么关系？

这对朝圣者已经走到离华苏德瓦的渡船不远的地方，小悉达多再次请求母亲休息。卡玛拉也疲惫不堪，趁孩子吃香蕉之际，蹲在地上，闭目稍稍休息。突然，她痛苦地大叫一声，孩子惊慌地看着母亲，见她的脸由于惊惧而变得苍白，一条小黑蛇正从母亲的身下往外游走。蛇已经咬伤了卡玛拉。

他们赶紧往前跑，想去有人的地方寻求帮助。当他们来到渡船附近时，卡玛拉瘫倒在地，无力前行。孩子一边喊叫，一边拥抱和亲吻母亲。卡玛拉也随着他的呼救一起喊叫，直至这声音传到正站在渡船上的华苏德瓦耳中。他迅速跑了过来，抱起卡玛拉，放到船里，孩子紧紧跟在后面。不一会儿，他们进了茅舍，悉达多正在炉边生火，一抬眼看到了孩子的脸，这张脸令人惊讶地提醒他回忆起某些已经遗忘的事情。然后他望了望卡玛拉，一眼便认出了她，虽然她正毫无知觉地躺在船夫的臂弯里。此时他明白了，这孩子正是他的儿子，他的脸使他不禁想起自己的脸，他的心开始剧烈地跳动。

卡玛拉的伤口已经清洗干净，但有些发黑，身体也肿了起来，便给她服了一剂汤药。卡玛拉渐渐恢复了知觉，躺在茅舍里悉达多的床上，她过去曾深爱的悉达多正俯身看着她。这一切竟像一场梦，她微笑地望着这张亲切的脸，慢慢地意识到自己当下的情况，想起是被蛇咬了一口，接着惊恐地呼唤着孩子。

“请不要担心，他就在你身边。”悉达多对她说。

卡玛拉望着悉达多的眼睛。由于毒性的麻痹，她说话已口齿不清。“亲爱的，你老了，”卡玛拉说，“你的头发已经发白。不过你仍是那个年轻的沙门，那个满脚尘土、赤身裸体来到我的花园里的沙门。你比当年离开我和卡马斯瓦密的时候更像沙门了。悉达多，你的眼睛和那时一样。啊，我也老了，老了——你还能认出我来吗？”

悉达多笑着答道：“我一眼就认出了你。卡玛拉，亲爱的。”

卡玛拉指了指孩子说：“你也认出他了吧？他是你的儿子。”

她的目光变得呆滞，然后失去了知觉。孩子哭了起来，悉达多把他抱到怀里，任他哭泣。悉达多抚摸着他的头发，注视着他的脸，脑子里回想起一段儿时学会的婆罗门的祈祷词。悉达多轻轻地吟唱起来，这些来自过去和童年的词句飞速地涌来。在悉达多的歌声抚慰下，孩子逐渐安静下来，偶尔还抽泣一两声，最后睡着了。悉达多把他放在华苏德瓦的床上。华苏德瓦正在炉边烧饭。悉达多看了他一眼，他报之以一个微笑。

“她快要死了。”悉达多轻声说道。

华苏德瓦点了点头，炉里的火光在他慈祥的脸上闪烁不定。

卡玛拉又恢复了知觉。痛苦扭曲了她的脸，她嘴上和苍白的脸上显现的痛苦映现在悉达多的眼里。悉达多默默无言地体味着，专注而耐心地沉浸在她的痛苦中。卡玛拉感觉到了，她用目光寻找他的眼睛。

她望见了他，说道：“现在我看到你的眼睛也有了变化。它们和从前已经完全不同。我怎么还能够辨认出你就是悉达多呢？你是悉达多，又好像不是悉达多。”

悉达多默默不语，眼睛平静地看着她的眼睛。

“你实现了目标了吗？”她问道，“你找到安宁了吗？”

他笑了笑，把手放在她的手上。

“我明白了，”她说，“我明白了。我也会找到安宁的。”

“你已经找到了。”悉达多轻声告诉她。

卡玛拉目不转睛地盯着他的眼睛。她想起自己原本是去朝拜乔达摩的，去看看这个完人的脸，呼吸他的安宁，如今却是悉达多替代了他。这样也好，较之她能够见到那个佛陀，应该说是同样好。她想把自己的想法告诉悉达多，但是她的舌头已不再听从指挥。她默默地看着悉达多，悉达多从她的眼睛里看到生命之火正在慢慢熄灭。当她的眼睛里最后一次满含痛苦、她的四肢最后一次震颤之后，悉达多用手合上了她的眼睑。

悉达多坐了很久很久，凝望着她长眠不醒的脸。她显得衰老而疲惫，嘴唇不再饱满。他想起自己年轻时把这张嘴比喻为一颗新摘下的无花果。他久久地坐着，看着眼前这张苍白的脸，布满了疲倦的皱纹。他看着看着，仿佛觉得自己的脸也如同她的一样苍白，毫无生气。同时，他仿佛还看见了他们年轻时的容颜，嘴唇红艳，目光热烈，当前和昔日的两种感情在他身上并存，充盈了他的身心，这是永恒的感情。此刻，他深刻地感到，比以往任何时候都更深刻地感到，每一种生命都是不可摧毁的，每一个瞬间都是永恒的。

华苏德瓦为他盛好了饭，他站起身来。然而，悉达多并没有吃。后来，两位老人在羊圈里铺好稻草，华苏德瓦便睡下了。悉达多却走到门外，在茅舍前坐了整整一夜。他聆听着河水的声音，回忆着过去，一生中的所有光景同时触动并包围了他。他偶尔站起来，走到茅舍的门边倾听孩子是否还在熟睡。

次日清早，太阳还未升起，华苏德瓦便走出羊圈来到朋友身边。

“你整夜没睡？”他问。

“没睡，华苏德瓦。我坐在这里倾听河水的声音。它给我讲了很多很多，它用很多神圣的思想、统一性的思想充实了我，给了我深刻的影响。”

“悉达多，你经受了痛苦，但我发现，你心里并不悲伤。”

“是的，亲爱的。我为什么要悲伤呢？我曾经非常富有和幸福，现在更加富有和幸福。我的儿子已经来到身边。”

“我也欢迎你的儿子。不过现在，悉达多，让我们开始工作吧，有许多事情正等着我们去做呢。卡玛拉死在我病故的妻子的床上。我们也该在焚化我妻子的小山丘上为卡玛拉架起柴堆。”

孩子仍在熟睡。他们架起了柴堆。

儿子

孩子哭泣着，胆怯地参加了母亲的葬礼，当他听说悉达多要把他认作儿子，还欢迎他定居在华苏德瓦的茅舍时，心里十分忧虑，也有些恐惧。他整日脸色苍白地坐在埋葬了母亲的小丘旁，拒绝饮食，紧闭双眼，紧锁心扉，苦苦地与命运抗争。

悉达多爱护他、体贴他，并且尊重他的悲伤。悉达多知道儿子不了解他，因而不能像爱父亲那样爱自己。他也慢慢地看到并且明白这个十一岁的男孩是一个娇生惯养的孩子，是受母亲溺爱的孩子，他在富裕的环境里长大，吃惯了精美的食物，睡惯了柔软的床，还习惯使唤仆人。悉达多明白，一个被娇惯坏的悲伤的孩子是不可能一下子心甘情愿地对陌生而贫穷的环境表示满意的。悉达多不去强迫他，千方百计为他设想，把最好吃的东西留给他。悉达多期望用友善和耐心慢慢地赢得孩子的心。

在孩子来到之前，悉达多一直认为自己幸福而富足。如今随着时光一天天消逝，孩子始终对他们很疏远、很冷淡，表现出一副高傲而执拗的姿态，什么活都不愿意干，也丝毫不尊敬两位老人，还偷吃华苏德瓦果树上的果子。悉达多开始明白，儿子并不能给他带来幸福和安宁，带来的只有忧虑和烦恼。但是他爱这孩子，宁愿忍受痛苦和烦恼，也不愿意失去孩子而重享往日的幸福和快乐。

自从小悉达多住进茅舍后，两位老人就分工了。华苏德瓦又单独一人挑起了渡船的担子，悉达多便负担屋里和田里的事，为的是跟孩子在一起。

几个月以来，悉达多期待着儿子能理解自己，能接受自己的爱，甚至有所回报。长长的几个月里，华苏德瓦也一直在旁边观望着、期待着，缄默无语。有一天，当小悉达多又大发脾气折磨父亲，还摔破了两只饭碗时，华苏德瓦便在当天黄昏时分把朋友拉到一边，说出了自己的看法。

“请原谅我，”华苏德瓦说，“我对你说的话完全出于一片好心。我看到你在折磨自己，也看到你有苦恼。亲爱的，你的儿子让你苦恼，也让我感到苦恼。这只年轻的小鸟过惯了另一种生活，住惯了另一种巢穴。他和你不同，你当初出于憎恶和厌倦逃离了城镇和富裕的生活，但让他脱离这一切，完全违背了他的意愿。噢，我的朋友，我已经问过我们的河水，问了许多遍。可河水只是大笑，它笑我，也笑你，为我们的愚蠢而摇头。水愿意找水为伴，年轻人愿意找年轻人，因此，你儿子不愿意待在这个不适合他成长的地方。你也来问问河水，听听它的意见！”

悉达多忧心忡忡地望着那张亲切的脸，满是皱纹的脸露出慈祥的笑容。

“我怎能和他分开呢？”悉达多轻轻地问道，同时感到非常惭愧，“再给我一点时间吧，亲爱的！你瞧，我正在争取他，我要争取他的心，用我的爱心和耐心去捕捉他的心。总有一天，河水也会和他说话的，他也是河水召唤来的啊。”

华苏德瓦笑得更温和了。“哦，是的，他也是河水召唤来的，他也属于永恒的生命。可是，我们，你和我，是否知道他为什么被召唤？要去哪里？要做什么？有什么痛苦？他的痛苦并不轻微，因为他的心既骄傲又坚硬，这样的人会忍受许多痛苦，犯许多错误，做许多错事，承担许多罪孽。请告诉我，亲爱的朋友，你会教育你的孩子吗？你会强人所难吗？你会不会打他？你会不会惩罚他？”

“不会的，华苏德瓦，这一切我都不会做。”

“我明白。你不会让他为难，不会打他，不会命令他，因为你懂得温柔比坚硬更强、更有力，水比岩石更强大，爱胜过暴力。很好，我得赞扬你。但是我又想到，你既不逼迫他，又不惩罚他，不是你的失误吗？你不是用爱束缚着他吗？你不是每时每刻都在以你的仁慈和耐心使他蒙受越来越沉重的羞愧吗？你难道没有强迫这个高傲自大而又娇生惯养的孩子和两个以食香蕉为生的老人共住一间茅舍吗？这两个老头把米饭也看成珍馐美味，他们的思想无法和孩子合拍，他们的心衰老而又平静，他们的道路也和孩子的截然不同。难道这一切不是对他的逼迫和惩罚吗？”

悉达多愕然看着地下，轻声问道：“你认为我该怎么办呢？”

华苏德瓦回答说：“把他带回城镇去，带到他母亲的宅邸里，仆人们应该还在那里，把他交给他们。倘若那里已经没人，你就替他找一位老师，不是为了让他学习知识，而是让他和其他男孩女孩在一起，那里是他应该待的世界。难道你从来没有这样想过吗？”

“你看透了我的心，”悉达多悲伤地说，“我常常想到这些。可是你看，我怎能把这个心肠如此硬的孩子送到那个世界去呢？他会不会变得骄矜自大，在欢愉和权势中忘乎所以，重复他父亲曾经犯过的一切过失，彻底地沉沦于轮回之中？”

船夫的脸上露出了笑容，他轻轻抚摸着悉达多的胳膊，说道：“朋友，问问河水吧！听，它正在嘲笑你呢！难道你真的看不出自己为了避免让儿子犯错误，正在干蠢事吗？你能保护儿子不陷于轮回之中吗？你怎么做呢？通过开导，通过祈祷，还是通过告诫？亲爱的朋友，你难道完全忘记了关于婆罗门之子悉达多引人深思的故事吗？这个故事是你坐在这里亲口告诉我的。当时有谁能够保护他不坠入轮回，不坠入罪恶、贪欲和愚昧之中？难道父亲的虔诚、导师的教诲、他自己的知识以及探索能保护他吗？有哪位父亲、哪位导师能够保护自己的儿子，让他不去经历自己的生活，让他免受生活的玷污，让他避免承担罪恶，让他免于饮啜生活的苦酒，让他不去探寻自己的道路呢？亲爱的朋友，难道你相信也许有什么人可以避免走这条路？难道你的儿子因为你爱他，就可以避开一切痛苦、烦恼和失望吗？即使你为他死去十回，也丝毫不可能改变他的命运。”

华苏德瓦还从来没有说过这么多话。悉达多诚挚地向他道谢后，满怀忧虑地回到茅舍，久久不能入眠。华苏德瓦向他说的这些话，其实他自己早就考虑过，心里也十分清楚。可这仅仅是一种认识，他无法做到，他对孩子的爱、对孩子的一片柔情，以及生怕失掉这个孩子的心情，远远胜过这种认识。他曾经对谁如此倾心相待吗？他曾经对谁爱得如此盲目、痛苦、绝望却又如此幸福吗？

悉达多无法遵循朋友的忠告，他不能放弃自己的儿子。他听任孩子的使唤，忍受孩子的轻蔑。他沉默着、期待着，开始每日以友好的方式做沉默的斗争，以忍耐的方式进行无声的对抗。而华苏德瓦也默默地期待着，十分亲切、体谅和耐心地期待着。他们都是擅长忍耐的大师。

有一回，孩子的脸让他极其确切地回忆起了卡玛拉，使他不禁想起一句话，那是很多年前年轻的卡玛拉对他说的。

“你任何人都不爱。”她当时这么对他说。他表示赞同，还把自己比作天上的一颗星星，把别人比作枯黄的落叶，尽管他后来觉察到她这句话里包含着责备。事实上，他从来没有由于爱别人而做蠢事。他认为自己不可能这么做，而且他当时觉得这就是他和那些孩童般的世人的巨大区别所在。如今呢，自从儿子来到这里后，连他悉达多也完全变成了一个孩童般的世人、一个受痛苦折磨的人、一个爱得丧失了理智的人、一个因爱而变成傻瓜的人。终于在他的晚年，连他也有了这种最强烈、最罕见的感情，这种感情引导着他，使他痛苦，然而也使他幸福，觉得内心有所更新，更加丰富。

他确实认为对儿子的这份爱，这份盲目的爱，是一种狂热，是十分世俗的人性，是轮回，是混浊之泉，是黑暗之水。尽管如此，他还是感觉到，这种感情并非毫无价值，而是必然的，这源于自己的天性。他不得不遍尝一切，乐趣也好，痛苦也好，甚至还有愚蠢。

在这段时间里，儿子总是让他做愚蠢的事，反复为难他，并且整日发脾气折磨他。在儿子的眼中，这个父亲没有任何吸引力，也没有任何让他害怕的东西。他是一个好人、好父亲，一个温和善良的人，或许也是一个极其虔诚的人，甚至是一个圣人——但这些品德都不能赢得孩子的心。对孩子来说，这个父亲硬把他留在这座贫困的茅舍里简直是太无聊了，他讨厌这个父亲，因为父亲总是对自己的顽皮报以微笑，对辱骂报以亲切，对粗暴报以和蔼，他认为这正是一个老伪善者最可恨的伎俩。这个孩子宁愿父亲威吓他、虐待他。

小悉达多的这种思想终于爆发了，公然反抗起自己的父亲。这天，老人分配给他一点工作，吩咐他去拾些柴火。这孩子不肯离开茅舍，直挺挺地站着，满脸怒火，使劲跺地，还一边挥舞着拳头尖声喊叫着，朝他父亲的脸上投去憎恨和轻蔑的目光。

“你自己去捡吧！”他大声叫道，“我不是你的仆人。我知道你不会打我，你根本就不敢；你只会用你的虔诚和宽容来惩罚我，让我觉得自己渺小。你想让我变成像你一样的人，也是那么虔诚、那么温和、那么明智！可我呢，听着，我绝不会让你称心，我宁愿变成强盗、杀人犯，下十八层地狱，也不当你这样的人！我恨你，你不是我的父亲，即使你曾经十次当过我母亲的情人！”

他满腔的怒火和悲伤，猛然向父亲倾泻出一连串狂暴而恶毒的话。然后便跑开了，直到深夜才回来睡觉。

第二天早晨，孩子不知去向，一个用双色树皮编织的篮子也失踪了，篮子里装着两位船夫仅有的一些铜币和银币，都是别人付给他们的摆渡的酬劳。而且连渡船也失踪了，悉达多遥遥看见船停在河的对岸。孩子逃走了。

“我要把他追回来。”悉达多说，尽管昨天听了孩子那番无情无义的话后，他悲痛得心里发颤，“一个孩子独自一人是无法穿过森林的。他会遭遇不幸。华苏德瓦，我们赶紧扎一只木筏，否则过不了河。”

“我们是该造一只木筏，”华苏德瓦答道，“才能把孩子弄走的渡船重新划回来。至于那个孩子，就让他走吧。朋友，他已经不是孩子了，他懂得如何保护自己。他会找到回城的路，请你记住，他有权这么做。他现在所做的事恰巧是你曾经逃避的事。他要自己照顾自己，他要走自己的路。啊，悉达多，我看到你现在很痛苦，可是人们对你这种痛苦只能报以耻笑，不久之后你自己对此也会觉得可笑。”

悉达多没有作答，他已经拿起斧子开始制造竹筏。华苏德瓦上前帮忙，用草绳把竹竿紧紧捆扎在一起。接着，他们上了筏子，向对岸划去，湍急的河水把他们冲了回来，但他们奋力逆流而行，终于到了对岸。

“你为什么带着斧子？”悉达多问。

华苏德瓦答道：“我们船上的桨可能已经丢了。”

悉达多明白他朋友的心里想的是什么。华苏德瓦考虑到孩子会扔掉船桨或干脆将其折断，为了报复，也为了阻碍他们的追踪。

事实上，船桨真的失踪了。

华苏德瓦指指船的底部，看着他的朋友微微一笑，好像在说：“你难道没有看见你儿子想向你说什么吗？你难道没有看见他不愿意被别人追踪吗？”当然，这些话他并未说出口。他沉默地动手制造新的船桨。悉达多还是同他道了别，起身去追寻逃跑的儿子，华苏德瓦对他未加阻拦。

悉达多在树林里搜寻了很久之后，才想到自己这么做完全无济于事。他想，这个孩子说不定早已走出树林回到城里，或者他还在半路上，但看到有人追赶肯定会躲藏起来。他继续往下想，发现自己并没有为儿子担心，因为他内心深处感到孩子既没有在林中丧命，也没有遇到危险。尽管如此，他仍然继续往前走去，不再是去拯救他的儿子，而是出于本能，想到也许可以再看一眼他的孩子。他一直朝城镇的方向走去。

当来到城外那条宽阔的大路上时，他停了下来，望着那座漂亮的花园入口。这地方从前属于卡玛拉，他就是在这里第一次看见坐在轿子里的卡玛拉的。往日的情景又浮现在他的脑海中，他看见自己站在那边，一个满脸胡须、赤身裸体的年轻的沙门，头发上沾满尘土。悉达多久久伫立不动，从开着的大门向花园深处望去，他看见穿黄色僧衣的僧侣在浓绿的树荫下走来走去。

他伫立着、沉思着，似乎看见了往日的景象，仿佛看到了生命的轨迹。他久久地伫立，望着那些僧人，仿佛他们变成了年轻的悉达多，变成了年轻的卡玛拉，他俩正并肩漫步在大树下。他清晰地看到自己如何接受卡玛拉的款待，如何接受她的第一次亲吻，如何轻蔑地回顾他的婆罗门生涯，如何自豪而又满怀渴望地开始他的俗世生活。他又看见了卡马斯瓦密，看见了仆人，看见了那些盛大的宴会、那些赌徒、那些乐师，还看见了笼子里卡玛拉那只会唱歌的小鸟。他再次体验了这一切，感受着生命轮回的滋味，再次感到衰老和疲倦，再次感到恶心，再次感到企求解脱的愿望，再次体会到神圣的“唵”。

在他伫立于花园门口之际，悉达多领悟到，驱使自己来到此处的渴望无比愚蠢，他不可能帮助儿子，也不可能让儿子依附于他。他深深地感到对逃走的儿子的爱，这份爱像一道伤口，但他觉得这个伤口并不会在心中溃烂，而必然会开花结果，放出光彩。

但目前，这个伤口尚未开花结果，也不能放出光彩，只是让他十分悲伤。他到此追寻儿子的愿望既已消失，心中便只剩下一片空虚。他悲伤地坐下来，觉得内心有什么东西正在死去，看不到任何欢乐、任何目标。他十分颓丧地坐着、等待着。这是他向河水学会的本领——等待、忍耐、倾听。于是，他就这么坐着、倾听着，在这条尘土飞扬的路上，倾听自己的心如何疲惫而悲哀地跳动，期待着一个声音。

他坐在那里倾听着，几个小时过去了，看不到任何景象，已经潜入空虚，放任自己沉沦，不再寻求任何出路。当他感到伤口灼痛时，就无声地念着“唵”，用“唵”来充实自己。花园里的僧人看见了他，他在那里已经坐了好几小时，发白的头发上积满了尘土。有个僧人走过来，在他身前放下两根香蕉。老人没有抬头看他。

一只手碰了碰他的肩膀，把他从恍惚中唤醒。他当即认出做出这一温柔而羞怯的触摸的人是谁。他站起来，向来寻找他的华苏德瓦问好。他望着华苏德瓦张善良的脸，望着脸上充满纯真笑容的一条条细小的皱纹，望着明亮的眼睛，自己也禁不住笑了。他看见面前的两根香蕉，递了一根给船夫，另外一根留给自己。随后，他默默无言地跟着华苏德瓦走进树林，走向渡口的茅舍。他们都没有说话，没说今天发生的事，没说孩子的名字，没说孩子的逃走，谁也不去触碰那个伤口。

悉达多回到茅舍后，就躺倒在床上。片刻之后，华苏德瓦走到他身边，想送一碗椰子汁给他，发现他已经睡着了。

唵

伤口很久都没愈合。悉达多有时摆渡一些携儿带女的旅客过河，没有人发现他心生羡慕，也没有人发现他在想："千千万万的普通人都拥有这种最温馨的幸福——为什么我没有？就连那些恶人、窃贼、强盗都有自己的孩子，可以爱他们，又被他们所爱，唯独我没有。"他就这么简单而毫无理性地想了又想，使自己变得和凡夫俗子一样。

现在，他对别人的态度已经和从前大不相同，不再那样高傲自大、盛气凌人，而是多了一点热情、一点关切和一点好奇。当他像往常一样渡人过河时，形形色色的孩童般的世人，商人、士兵、妇女，都不像以往让他感到陌生。他理解他们并非由思想和观点，而是由本能和欲望主导的生活，觉得自己和他们一样。虽然他的人生已经接近圆满，只承受着最后的伤痛，但仍然感到这些孩童般的世人都是他的兄弟，他们的种种虚荣、贪婪和可笑在他眼中已不再可笑，而是可以理解、有点可爱，甚至值得尊敬。一个母亲对孩子盲目的爱，一个有教养的父亲对独生子愚蠢而盲目的自豪感，一个爱慕虚荣的年轻女人疯狂地追求装饰和男人赞赏的目光，这些欲望，这些幼稚的表现，这些简单、愚蠢却极为强大、极富生命力的强烈的欲望和贪婪的感情，如今在悉达多眼中不再幼稚。他看出人们为这些而活，看出人们为这些而无休止地忙碌，四处奔波，发动战争，忍受无穷无尽的烦恼。他因此爱他们，看到了他们的生活，那种活生生的、不可摧毁的生活，那种婆罗门在所有感情和行动中无所不在的生活。这些人的盲目忠诚、盲目强壮和坚忍也是可爱的、令人钦佩的。就觉悟而言，就人类生活统一性的觉悟而言，他们什么也不欠缺，学者和思想家对他们无可指摘，哪怕是微不足道的小事，哪怕是这件小事的细枝末节。有些时候，悉达多甚至还怀疑，自己是否对学问、对思想过于高估，自己是否也可能是一个幼稚的思考者、一个有思想的幼稚之人。总之，凡夫俗子和贤人不相上下，甚至还常常超过贤人。正如野兽一样，为了生存，在某些时刻也会不受迷惑地顽强搏斗，似乎能够胜过人类。

有一种认知在悉达多的头脑中逐渐成熟，就是他一生为之探索的目标是什么，智慧究竟是什么。它归根结底无非是一种灵魂的准备，一种能力，一种神秘的艺术；它能够在生活的每个瞬间进行统一性的思考，能够感受并吸纳这种统一性。这种认知在悉达多的脑海里日益繁盛，又在华苏德瓦衰老的孩童般的脸上体现出来，是和谐，是对世界永恒圆满的认知，是微笑，是统一。

然而，悉达多的伤口依旧在灼痛，他苦苦思念着儿子，守护着对儿子的爱和柔情，任凭痛苦吞噬自己的心，做出一切爱的蠢事。他不愿意自己扑灭火焰。

有一天，伤口灼痛得厉害，悉达多匆匆上了渡船，心里只有一个念头——赶紧下船，进城寻找儿子。河水温柔地流着，当时正是旱季，他觉得河水的声音有点特别——它在笑！清清楚楚地在笑。河水在笑，在清脆而响亮地尽情嘲笑这个年老的船夫。悉达多停下来，弯腰俯身到水面上，以便听得更清楚一些。他看见平静的水面上倒映出自己的脸，这张脸使他回忆起某些东西，某些已经忘却的东西，于是他沉思起来，继而发现这张脸和过去熟识、热爱又害怕的另一张脸完全一样。那就是他的父亲——婆罗门的脸。他还回忆起许多年前，他，一个年轻人，如何迫使父亲答应他出门苦修，如何同父亲告别，如何离开，并且从此再也没有回去。难道父亲没忍受过他现在为儿子忍受的痛苦吗？难道父亲不是没再见到儿子就孤零零地离开人世吗？难道他不会遭遇同样的命运吗？这种轮回，这种宿命般的轮回，不是一种喜剧、一件奇怪而愚蠢的事情吗？

河水发出笑声。是的，事实正是如此，世界上的人，只要有未受尽的苦，未得到解脱，一切就会重来。悉达多想到这些便又坐到船里，返回茅舍去了。他思念父亲，思念儿子，被河水嘲笑，内心挣扎着，几近绝望，然而更想嘲笑自己和整个世界。啊，伤口还未愈合，心还在为守护自己而与命运抗争着，他还没有从痛苦中看见喜悦和胜利的光芒。然而他已经觉察到了希望，一回茅舍就觉得有种难以抑制的冲动，想要向华苏德瓦敞开心扉，坦露所有的想法，向这位倾听大师倾诉。

华苏德瓦正坐在茅舍里编着一只篮子。他不再为人摆渡，视力已经衰退，不仅是眼睛，胳膊和手也不利索了。永远不变的只有他脸上欢乐而善良的表情。

悉达多坐到老人身边，开始慢慢讲述。他讲的是过去从未讲过的事，讲他当年如何进城，讲他灼痛的伤口，讲他看见那些幸福的父亲时的妒忌，讲他理性地认识自己的愚蠢，讲他徒劳地为此挣扎。他彻底地坦白，连那些最羞愧难言的事情都没有漏掉，坦露无遗，完完整整。他暴露自己的伤口，坦白了今天的脱逃，说这个幼稚的逃跑者如何渡河，如何进城，以及河水如何嘲笑他。

他讲着，慢慢地讲着，华苏德瓦平静地倾听着，悉达多比以往更强烈地感觉到华苏德瓦在倾听，使他觉得自己的痛苦、焦虑和隐秘的希望都被对方接纳，又被传递回来。向这位倾听者展露伤口，完全如同在河水里沐浴，浑身凉快，仿佛和河水融为一体。当他滔滔不绝地讲着，不断供认、忏悔的时候，越来越强烈地感到，倾听者已经不再是华苏德瓦，不再是一个凡人。这个一动不动的倾听者接纳他的忏悔，就像一棵树接纳雨水一般。这个人是河流的化身，是神的化身，是永恒的化身。当悉达多停止说话，思考自己，舔舐伤口时，华苏德瓦已经改变的认知支配着他。他对此越是感受深刻，就越不惊奇，越清楚地看到一切都很正常、自然，华苏德瓦一直以来甚至始终如此，只是过去自己没认知到而已。是的，他觉得自己跟华苏德瓦几乎没有区别。他觉得自己现在看待华苏德瓦就像普通人看待神一样。他知道这不可能长久。他一边不停地讲着，一边在内心向华苏德瓦告别。

他讲完之后，华苏德瓦用亲切但略显黯淡的目光看着他。华苏德瓦没有说话，只是默默向他投射着爱和欢乐、宽容与理解。华苏德瓦拉着悉达多的手，走到河边的老地方，一起坐了下来，然后微笑地看着河水。

“你听见了河水的笑声，”华苏德瓦说，“但是你并没有听见一切声音。让我们一起倾听吧，你会听见更多的。”

他们倾听着。河水温柔地奏出合唱。悉达多望着河水，在流动的水流上浮现出许多画面：他看见了父亲，孤孤单单，因思念儿子而满脸悲伤；他看见了自己，孤孤单单，被对远方的儿子的思念束缚着；他看见了儿子，也是孤孤单单的，疾行在一条炽热的欲望之路上。每个人都有自己的目标，每个人都被自己的目标限制，每个人都痛苦万分。河水痛苦地吟唱着，充满渴望地吟唱着，向自己的目标流去。

“你听见了吗？”华苏德瓦用目光默默地询问。悉达多点点头。

“再听听。”华苏德瓦喃喃地说。

悉达多更努力地用心倾听。父亲、自己和儿子的形象，交融到了一起。连卡玛拉也出现了，但又全部消失了。还有戈文达和其他人，统统交错在一起，随着河水痛苦地奔向目标。河水的吟唱也充满渴望，充满炽热的痛苦，充满无法满足的渴求。河水朝着目标奔去。悉达多朝匆匆流逝的河水瞥了一眼，看着由他自己、他的亲人以及所有见过的人组成的河水，翻滚着浪花，痛苦地流向目标，流向许多不同的目标，流向瀑布，流向湖泊，流向急流，流向海洋，到达了所有的目标，随即又出现新的目标。水变成蒸汽上升到天空，又变成雨水从天空倾泻下来，成为泉水，成为小溪，成为河流，再次流向新的目标。然而，河水的声音已经有所改变。它仍然带着痛苦和寻觅，但已有其他声音掺入，那是既欢乐又痛苦、既美好又丑陋、既欢笑又悲哀的声音，是千万种声音的混合。

悉达多倾听着。他全神贯注，完全沉浸于倾听之中。他心中一片空白，吸收着那片声响，觉得此刻已经学会了倾听。河水中这千万种声音，他过去也常听见，今天听来却格外新奇。他无法再分辨这无数种声音，分辨不出哭泣声与欢笑声、成人的声音与孩子的声音。它们融为一体，渴求者的责骂、智慧者的嬉笑、愤怒者的尖叫、濒死者的悲叹，一切都浑然一体，互相交织，互相联系，千百次地交错在一起。一切声音、一切目标、一切欲望、一切痛苦、一切喜悦、一切善与恶统统集合在一起，生活的河流把一切集中，构成客观的世界，构成生命的交响。当他全神贯注地谛听河水的交响时，当他不带烦恼也不带欢笑地倾听时，当他的灵魂不局限于一种声音却让自我融入时，他所听见的是一切，是整体，是统一。这伟大的交响，已凝聚成一个独一无二、无比出众的字，它叫“唵”，意为圆满。

“你听见了吗？”华苏德瓦的目光再次询问。

华苏德瓦的笑容灿烂，照亮了那衰老的脸上的 每一道皱纹，如同“唵”字响彻于河水的一切声音之上。他带着灿烂的笑容看着自己的朋友，此时，悉达多的脸上也笑容灿烂。他的伤口开出了花朵，他的痛苦放出了光芒，他的自我已经融入统一之中。

此刻，悉达多停止了和命运搏斗，也停止了烦恼。他的脸上绽放出智慧的欢乐，再也不和任何欲望作对，懂得了圆满，顺应生活之河，顺应充满同情和欢乐的生命之音，融入统一。

华苏德瓦站起身来，注视着悉达多的眼睛，看见其中闪耀着智慧的欢乐，小心而温柔地拍了拍他的肩膀，说道：“亲爱的，我一直在等待这个时刻。这个时刻终于来临，让我离开吧。我等得太久太久了，我一直是船夫华苏德瓦。现在，一切都已结束。再见吧，茅舍；再见吧，河流；再见吧，悉达多。”

悉达多向告别的人深深鞠躬。

“我早已知道，”他低声说道，“你要去林中吗？”

“我要去林中，我要融入统一。”华苏德瓦容光焕发地回答。

他走了，悉达多目送他远去。悉达多怀着深深的愉悦与诚意目送他远去，看见他步伐平稳，头顶华彩，整个身体光芒四射。

戈文达

戈文达和其他僧人一起，在名妓卡玛拉赠给乔达摩弟子们的林苑里度过了一段安静的时光。他听说一个年老的船夫在离这里大约一天路程的河边居住，很多人都认为那是一个圣人。当戈文达重新启程时，他选择了去渡口，渴望见到这个船夫。尽管他一直按照戒律生活，因年老和谦逊受到年轻僧人的尊重，但内心里那种不安和探求依旧不曾平息。

他来到河边，请老人为他摆渡。当他们抵达对岸，他要离船时，对老人说："你为我们僧侣和朝圣者做了许多好事，你为我们许多人渡过河。请问，船公，你是否也是一个寻求得道之路的探索者？”

悉达多苍老的眼睛里含着笑意回答说：“噢，尊敬的人，你虽然年事已高，仍穿着乔达摩弟子的僧衣。你自认为是一个探索者吗？”

“我确实老了，”戈文达说，“但是我并没有终止探寻。我永远也不会停止探寻，看来这是我的宿命。而你呢，看来也曾探寻过。尊敬的人，你愿意跟我说说吗？”

悉达多回答道：“老人家，我能够对你说什么呢？还是说说你探寻很久的东西？说说你为什么探求不已却无所得？”

“什么意思？”戈文达问道。

“当某个人探寻的时候，”悉达多回答说，“很容易只看着他所追寻的东西，结果就什么也找不到，什么都无法进入他的内心，因为脑子里只想着这个东西，只见到一个目标，被目标左右。探寻应该有一个目标。寻找应该自由、独立、漫无目的。你，可尊敬的人，也许事实上是一个探索者，因而你努力追求自己的目标，却看不见某些眼前的事物。”

“我还是没完全明白，”戈文达请求似的问道，“你说的是什么意思？”

“可敬的人，从前有一次，好多年以前你曾来过这里，你在河边找到一个沉睡的人，坐在他的身边，守护着这个沉睡的人。噢，戈文达，可是你没有认出他，你没有认出这个沉睡的人。”

悉达多回答道。

僧人大吃一惊，像着了魔似的瞠目盯着船夫的眼睛。

“你是悉达多？”他胆怯地问，“这次我又没有认出你来！悉达多，我衷心向你问好，又能见到你，我真是高兴！你有了很大改变，朋友。——这么说，你现在真是一个船夫？”

悉达多亲切地笑着说：“是的，我是船夫。戈文达，一些人必须改变自己，一些人必须穿上各式各样的僧衣，我就是其中之一。亲爱的，欢迎你，戈文达，今晚就在我这茅舍里住吧。”

戈文达当晚住在茅舍里，睡在过去华苏德瓦睡的床上。他向青年时的朋友提出了许多问题，悉达多则把自己的生活经历讲给他听。

待到第二天破晓，新的一天即将开始之际，戈文达不无犹豫地说：“悉达多，在我继续赶路之前，请允许我再提一个问题。你有没有自己的学说？有没有一种信仰或理论，你追随它，它指引你在生活中行于正道？”

悉达多回答说：“亲爱的，你知道，当我还是一个年轻人，当我们还在林中和那些沙门共同生活时，我就已经对种种学说和导师产生怀疑，并且最终离开。我现在仍然如此，虽然后来又有过许多导师。很长一段时间，一位美丽的名妓曾是我的导师，一个富有的商人和几个赌徒也是我的导师。有一次，一位年轻的僧人也当过我的导师，他在朝圣途中看见我睡在树林里，就坐在我身边守候着，我也从他身上学到了东西，我感谢他，非常感谢。而使我学到最多的是这条河，还有我的先行者，那位船夫华苏德瓦。他是非常普通的人，并非思想家，但懂得一切必要性，和乔达摩一样看到了世界的本质，他是一个完人、一个圣人。”

戈文达说：“噢，悉达多，我觉得你和从前一样爱开玩笑。我相信你，我知道你并没有追随任何导师。但即便你没有自己的学说——尽管还谈不上是学说，难道就不去找一种思想或学说，为你所用并且指点你的生活？如果你能给我稍作点拨，我会由衷地感到高兴。”

悉达多回答说：“我有过思想，是的，有时也有过认知。我常常一个小时或整整一天，觉得脑子里充满了某种认知，就像一个人生活在内心世界里一样。有些思想便是如此，很难向你表达。戈文达，你瞧，这就是我所发现的思想之一——智慧是无法表达的。当一个智者试图向他人表达智慧时，听起来总是很愚蠢。”

“你在开玩笑吧？”戈文达问道。

“我没有开玩笑。我说的是我所发现的东西。人们能够传授知识，却不能传授智慧。人们能够发现智慧，能够体验智慧，能够享受智慧，能够因智慧而创造奇迹，但无法叙述和传授。这便是我年轻时就隐约感到，后来又继续向许多导师学到的东西。戈文达，我发现了一种思想，你一定又以为是玩笑或是愚蠢的，而它却是我最好的思想——每一种真理，其对立面也同样真实！也就是说：一种真理如果是片面的，那么就会让人们挂在嘴边说个不停。头脑能够产生的思想，嘴巴能够说出的话语，都是片面的；一切都是片面的，一切都只是局部，一切都是残缺的整体或圆。当乔达摩佛陀讲述关于世界的学说时，不得不分解为轮回和涅槃、幻觉和真实、痛苦和解脱。除此以外，别无他法，对于一个愿意学习的人，不存在任何别的道路。但世界本身，不论是周围的客观世界，还是内心世界，都不是片面的。一个人或一件事，绝不可能纯粹属于轮回或属于涅槃，也绝不可能绝对圣洁或绝对邪恶。在我看来，因为我们受到一种幻觉的支配，认为时间大概就是现实。戈文达，其实时间并非真实的东西，我对此已有许多经验。如果时间确是非真实的，那么存在于现实和永恒、痛苦和幸福、善与恶之间的差距，似乎只是一种幻觉了。”

“什么？”戈文达恐惧地问道。

“好好听，亲爱的，好好听着！我是有罪之人，你也是，都有罪，但这个罪人将来总有一天要重新成为婆罗门，实现涅槃，成为佛陀——现在你看：这个‘总有一天’是一种幻觉，仅仅是一种比喻而已！这个有罪之人并没有走在成为佛陀的途中，没处于发展中，尽管我们的思维无法想象其他东西。不，在有罪之人身上，现在和今天的他已经有未来的佛陀的影子，他的未来已经存在，你会在他、在自己、在每一个人的身上，敬奉这个人。亲爱的戈文达，世界是不圆满的，或者可以理解为正走在通向圆满的漫长道路上：不，它在每一瞬间都是圆满的，一切罪孽本身便包含着宽恕，所有孩子身上都栖息着老人，所有婴儿身上都蕴含着死亡，所有将死之人都孕育着生命。没有一个人能够预测另一个人的道路能有多长，强盗和赌徒会成为佛陀，而婆罗门也会成为强盗。在最深的冥想中，有可能使时间终结，使一切过去的、现在的和未来的生活同时呈现，使一切都美好、圆满，一切都属于婆罗门。因此，在我眼中一切都是好的，死亡和生存一样，罪孽和神圣一样，智慧和愚蠢一样，一切原本如此，只需要得到我的认可、我的允诺、我的欣然接受，于我总是美好的，只会促进我，绝没有任何伤害。我从肉体和灵魂的经验中知道自己十分需要罪孽，需要肉欲，需要追求财富，需要虚荣，需要最羞耻的绝望，以便学会放弃抗拒，学会热爱俗世世界，不再使任何人对我寄以希望，把我和假想的世界相比，把我想象成某种完人，而是听其自然，愿意爱这个世界，愿意属于这个世界。——噢，戈文达，这就是进入我的一些思想。”

悉达多弯下身子，从地上捡起一块石头，放在手中掂量着。

“我拿在手里的，”他摆弄着说道，“是一块石头，它经过一定的时间也许会变成土，从这块土里会生长出植物、动物或人。我过去大概会说：‘这块石头不过是一块石头而已，毫无价值，属于幻想世界，但经历轮回变化之后也许能够成为人或鬼，所以我赋予它价值。’我过去大概会如此考虑。而我今天想的是：这块石头是一块石头，也是动物，也是神，也是佛。就这点来说，我并不会因为它总有一天会成为这个或那个而敬重它，事实上，不论多久，它都将永恒如此——恰恰由于这一点，由于它是一块石头，今天和现在以石头的面目出现在我眼前，我便爱它，并且看到它的价值和意义，存在于它的每一道纹路和疤痕里，存在于它的黄色中，存在于它的灰色中，存在于它的硬度中，也存在于我叩击它时所发出的声响中，存在于它表面所呈现的干燥或潮湿中。有许多石头摸着像油脂或肥皂，也有些像树叶、像沙子，每一块都和另一块有所差异，都以自己独特的方式祈祷‘唵’，每一块都是婆罗门，又确确实实是石头，是滑溜溜或油腻腻的石头，我恰恰欢喜这一点，让我惊奇不已，让我顶礼膜拜——不过我再也不可能说得更多了。话语对于隐秘的思想没有好处，每当人们说出什么的时候，它立即会走样，被歪曲，变得愚蠢——是的，就连这一点也极好、极令我欢喜，我也极认同。被一个人视作珍宝和智慧的东西，在另一个人看来往往是愚蠢的。”

戈文达默默地倾听着。

“你为什么给我讲这些关于石头的话？”他迟疑片刻后问道。

“没什么目的。或许我想说，我爱这块石头、这条河流，以及这些可能会向它们学习的东西。戈文达，我会爱一块石头，我也会爱一棵树或一块树皮。这些都是物，是可爱的。我却不爱言语。因而种种学说对我毫无作用，没有力量，没有温暖，没有色彩，没有棱角，没有气息，没有味道，只是言语，别无其他。也许是它们，这无数的言语，阻碍你获得安宁。因为连道德和拯救，连轮回和涅槃，也仅仅是言语而已，戈文达。世上不存在涅槃，涅槃只是一个词语。”

戈文达说：“朋友，涅槃不仅是一个词语，它是一种思想。”

悉达多接着说：“一种思想，可以这么说。亲爱的，我必须向你承认，对思想和话语，我区别得不太清楚。坦率说吧，我也不是很看重思想。我最看重的是物。举个例子，在这条渡船上，从前有个人是我的前辈和导师，是一位圣人，多年来，他单纯地信仰这条河，此外什么也不想。他发觉河水发出声音是在和他说话，他便向它学习。河水教导他、指点他，河水在他的眼中成了一位神。这么多年，他并不知道，每一阵风、每一朵云、每一只鸟、每一只甲虫都同样神圣，懂得的也很多，也能像这条可敬的河一样教导他。但是当这位圣人进入森林之后，他立即就懂得了一切，比你和我懂得更多，没有导师，没有书籍，只因他过去信仰过河流。”

戈文达说：“你称之为物的，是一些真实和客观存在的东西吗？会不会只是一种玛雅的幻觉，只是一种概念和假象？你的石头、你的树木、你的河流——它们都是真实的东西吗？”

悉达多回答道：“就连这些我也不十分在意。不管这些是否假象，其实我自己也属于假象，因而它们永远是我的同类。这便是我如此爱它们、如此尊敬它们的原因——它们都是我的同类。这现在已是你加以嘲笑的一种学说——爱的学说。噢，戈文达，爱如今在我眼中是一切事物中最重要的。看透世界、阐释世界、蔑视世界，这是一个伟大思想家的事。对于我，唯一可做的事情是：能够爱这个世界，不蔑视这个世界，不去憎恨这个世界和自己，能够怀着爱、欣赏和敬畏的感情去观察这个世界、我以及万物。"

"你讲的我都懂，"戈文达说，"但佛陀恰恰指出这些是欺骗。他教导我们善良、宽容、同情和忍耐，却没有教我们爱；他不允许我们的心被俗世的爱束缚。"

"我理解的，"悉达多说，脸上笑容灿烂，"我理解的，戈文达。你瞧，当年我们在丛林里就曾有过口角之争。我不能否认，我这些关于爱的言论与乔达摩的话有矛盾，但只是看起来有矛盾。正因为如此，我才十分怀疑言论，我知道这种矛盾是假象。我知道，我和乔达摩的想法是一致的。他怎么会不承认爱呢？他，洞悉人生的无常和空幻，却仍然如此热爱世人，因此，在他漫长而艰难的一生中始终帮助并教导世人！在这位伟大的导师身上，我所看重的是他的事迹，远胜于他的言语，他的行为和生活远比言语更重要，他的手势也比他的思想更重要。我看到他的伟大之处，并不在言语和思想中，而在行动和生活里。"

两位老人沉默了很久。后来，戈文达一边向对方鞠躬辞行，一边说道："我感谢你，悉达多，你向我讲述了你的一些思想。你有一些想法很奇怪，我并不能一下子全都理解。顺其自然吧。我感谢你，祝愿你生活安宁。"

（他私下里却暗想：这个悉达多真是一个怪人，说的全是一些古怪的想法，他的学说听上去很愚蠢。佛陀乔达摩的精辟学说就完全不同，明朗透彻，容易被人理解，丝毫没有任何奇怪、愚蠢或可笑的东西。但我觉得悉达多除去他的思想之外，还另有特别之处，他的双手和双脚，他的眼睛，他的额头，他的呼吸，他的微笑，他的问候，还有他的步态，莫不如此。自从我们的佛陀乔达摩涅槃之后，我还没有再碰见任何一个人，在他面前让我感到：这是一个圣人！唯独他，这个悉达多，使我有这种感觉。他的学说可能很奇怪，他的言论可能很愚蠢，但是他的目光、他的双手、他的皮肤和他的头发，全都闪耀着纯粹，闪耀着安宁，闪耀着善意、宽容和神圣的光芒，除了曾在我们尊敬的佛陀弥留之际见过之外，我从未在其他人身上见过。）

戈文达如此思考着，心里很矛盾。出于一种爱慕之情，他又朝悉达多鞠了一躬，向那静静坐着的人深深鞠了一躬。

"悉达多，"他说，"我们都已经是老人。我们此生恐怕没有机会再见面了。亲爱的，我看得出来，你已经找到安宁。我承认我尚未找到它。可敬的人，请再跟我说句话，说一些我能够掌握、能够懂得的话！赠给我一些话，让我带着上路吧。悉达多，我的道路常常很艰难，常常很昏暗。”

悉达多沉默无语，只是带着那永远平静的微笑望着他。戈文达怀着恐惧、怀着渴望看着悉达多的脸。他的目光里明显地流露出永恒地寻觅却永恒地无所收获的痛苦。

悉达多看到了，微微笑了。

“你朝我弯下身来！”他轻轻地在戈文达耳边低语，“朝我弯下身来！对，再靠近些！再近些！请吻我的额头，戈文达！”

戈文达十分吃惊，然而巨大的爱慕之情驱使他听从悉达多的话。他朝悉达多弯下身去，用嘴唇碰了碰悉达多的额头，他发现自己身上发生了奇迹。当他的脑子里还在考虑着悉达多的奇谈怪论，徒劳无益地和这些言论进行着斗争，努力抛开时间，把涅槃和轮回想象为一体的时候，当他甚至还对朋友的言论有一定的轻蔑，与对他的爱和尊敬剧烈斗争的时候，奇迹发生了：

他看不见悉达多的脸，却看见其他一些脸，许许多多的脸排成长长的一个队列，像一条汹涌的脸的河流，成百上千张脸，一张张来了又去，又同时出现在眼前，这些脸不停地变化，不断地更新，然而又都是悉达多的脸。他看见的是一条鲤鱼的脸，永远痛苦地张着嘴巴，是一条死鱼，眼球已经泛白。他看见一个新生婴儿的脸——红红的，满是褶皱，因啼哭而扭曲着。他看见一张杀人凶手的脸，那人将刀插进另一个人的身体——就在同一瞬间，他看见这个凶手被捆绑着跪在地上，一个刽子手猛地砍掉了他的脑袋。他看见赤裸的男男女女，正以各种姿势疯狂地做爱。他看见直挺挺的尸首，无声、冰冷、苍白。他看见无数动物的头，有公猪的，有鳄鱼的，有大象的，有公牛的，也有鸟儿的。他看见许多神灵的像，看见了克利什那神〈1〉和阿耆尼神〈2〉。他看见这些身体和脸以千万种方式相互联系。他们爱着，他们恨着。他们消亡了，他们又获得新生。每一个都有死的愿望，有对无常的人生痛苦而热忱的信念。然而，没有一个死去，每一个都变化着，不断地重生，不断地获得新的面孔。而在这一张脸和另一张脸之间并不存在时间的痕迹——所有这些身体和脸都静息着、流动着、孕育着、漂浮着，又汇集在一起，而永恒地在一切之上的仍是某种薄薄的、虚无的，却又是实际存在的东西，好像铺上了一层薄薄的玻璃或冰，好像一层透明的皮肤，好像一个由水形成的薄壳、模型或面具。这个面具微笑着，正是悉达多含笑的脸，他刚才用嘴唇轻轻吻过的。此刻，戈文达看到，这面具的笑，这超越一切流动的身体的统一的笑，这超越万千生者和死者的永恒的笑，这悉达多的笑，和佛陀乔达摩的笑完全一样。佛陀的笑，他从前满怀崇敬地凝望过千百次，平静、细致、不可捉摸，也许带点善意，带点嘲讽和聪慧，有千百种变化。这时候，戈文达才明白，这是

〈1〉 印度教三大主神之一的毗湿奴的第八化身。

〈2〉 印度教的火神。

一个完人的笑。

戈文达不知道时间是否存在，不知道刚才的幻觉持续了一秒还是一百年，不知道对面是有一个悉达多还是有一个乔达摩，是自己还是他人，似乎有一支箭穿透了他的心，伤痛的味道却是甜蜜的，使他受到迷惑，获得解脱。戈文达又站立了片刻，然后朝刚才亲吻过的悉达多的平静的脸躬身致意。这张脸曾经是世上一切形象、一切未来、一切现实活动的舞台。这张脸毫无变化，表面那种深邃的千变万化已经消失。悉达多平静地笑着，轻轻地、温柔地笑着，也许是一种善意的笑，也许是一种讽刺的笑，和佛陀的笑一样。

戈文达深深地鞠躬，泪水情不自禁地流满了苍老的脸，好像一把火点燃了内心最深的爱和最谦恭的仰慕。他深深地弯下身去，几乎要触到地上，向坐在面前的这个一动不动的人敬礼。悉达多的笑容让他回忆起所有的一切，一生中曾经爱过的一切，一生中宝贵和神圣的一切。

我的传略

第一次世界大战后的几年中，我曾两度以童话风格和半带嘲讽的方式对自己的生平做了尝试性的概括总结，当时我的朋友们都认为我有点像个谜。我选中的第一次尝试就是《魔术师的童年》，现在保存了部分片段。另一次尝试是以让·保尔为样本大胆地写了预示未来的《虚拟传略》，刊载于 1925 年在柏林出版的《新评论》杂志，后来出版单行本时只做了一些无关紧要的修改。多年来，我一直计划把这两篇在风格和情调上截然不同的作品予以合并，却无论如何也找不到能够调和的途径。

在新时代的末年，中世纪即将复活之前，在爱神的光芒的照耀和保护下，我来到了人世。我诞生在七月一个温暖的将近黄昏的时刻。我出生时的温度正是我毕生所本能地喜爱和追求的，缺少了它，我定会感到痛苦。我不能在寒冷的国度里生活，我一生中凡是自愿的旅行都是朝南的。我是虔诚的双亲的儿子，我温顺地爱着他们，倘若人们没有很早教会我第五诫〈1〉，我会更温顺地爱着他们。但是告诫往往对我有不幸的影响，尽管它非常正确又非常怀有善意——我生来像羔羊般温顺，又像肥皂泡那么易于操纵，反对任何形式的告诫。尤其在青年时代，这种告诫总引起我倔强地反抗。我只要一听到“你应该怎样怎样”就立即转身，变得顽固不化。人们可以想象，这种个性在我的学生时代给了我多么巨大的不利影响。老师确实教我们学习了那有趣的、被称为世界史的课程，告诉我们世界是由一些人统治、支配和改变的，这些人制定自己的法律以区别过去遗留下来的法律；告诉我们，这些人是值得崇敬的。但这个课程也像其他全部课程一样都是欺骗人的，因为只要我们之中有一个人，不管出于好意还是恶意，敢于反对某一项告诫，或者仅仅是反对某一种愚蠢的习惯或什么正在时兴的事情，那么他不但得不到尊敬，成不了模范，还要受到惩罚和嘲笑，甚至被那些极怯懦的老师压得喘不过气来。

我很幸运早在学生时代开始之前，就已经学到对于生活有重

〈1〉《圣经》中摩西十诫之第五诫，
要求孩子孝敬父母。

大意义和价值的东西。我有清醒的、细腻的和温柔的感觉。凭着这些感觉，我得以汲取许多乐趣，即使后来受到形而上学的吸引，不可救药地陷入其中，甚至当我的意识受到抑制和疏忽时，那种细腻地形成的感受能力，即和人们的视听有关的能力，也总能忠实地在我身上保存下来，以至于那些看来十分抽象的东西，也总是生动地活跃在我的思想世界中。正如我刚才所说，早在开始学生时代前，我就已经掌握人生必需的那种知识了。我熟悉我们的家园故土，熟悉那鸡舍、树林、果园以及手工作坊，我认识树木、鸟类和蝴蝶，我会唱歌，会吹口哨以及其他许多对于人生有价值的事情。现在又加上了学校的知识，它们让我觉得津津有味。尤其是拉丁语让我产生了真正的兴趣，我早年用拉丁语写诗就像用德语写诗一般。我说谎和外交的本领却要归功于第二学年的一位老师和一个职员，他们带给了我这种能力。那时候，由于天真开朗和轻信别人，对人对己都造成了不幸。这两位教育者成功地对我进行开导，因为他们并不想从同学们身上找寻诚实和热爱真理的品性。他们把班级发生的一件实际上毫不重要的恶事硬栽在我头上，而我是完全无辜的。当他们没有能够逼我承认自己是肇事者时，他们就把一件小事拿到整个班级审判。他们确实没有用拷问和殴打取得预期的供认，却使我丧失了对一切师道尊严的信仰。感谢上帝，随着时间的消逝，我认识了真正值得尊敬的老师，但是发生了这种伤害之后，不仅和老师们的关系，我和一切权威人士的关系，也都变得令人苦恼和不正常了。总的说来，我在最初的七八个学年中是一个好学生，至少总在班上名列前茅。直到那些斗争开始（这是无法避免的，也由于我的个性关系），我和学校当局的冲突才越来越多。待我真正了解到那些斗争的含义，已是二十年后的事了，当时的情况很简单，他们违背我的意志，把我卷了进去，好像发生了什么可怕的灾难。

事实上，我从十三岁开始就明白自己要不能成为诗人，那就什么也当不成。但是针对这一明确的看法，逐渐产生了另一种令人痛苦的认识。人们可以当教员、牧师、医生、工匠、商人、邮递员，也可以当音乐家、画家或建筑师，世界为这一切职业铺平了道路，提供了先决条件，也就是有学校为全部初学者启蒙。只有诗人没有这样的条件！世界允许人们成为诗人，甚至当一个诗人得到成就和名气之后，给予他高度荣誉，可惜大多数人都是壮志未酬身先死。我不久就觉察到自己要成为诗人是不可能的，连这样的愿望也是可笑和可耻的。我也很快从现实情况中学习到，只有诗人才是诗人，而不可能学着当诗人。此外，我对文艺的爱好和个人的文学才能引起了老师们的怀疑，因而遭到猜疑、嘲笑，甚至经常受到极端的侮辱。诗人的命运和英雄的命运完全一样，就像一切强壮、美丽、勇敢和不平凡的人物和业绩，他们在历史上是极壮丽的，所有的教科书对他们交口赞美，但在当前、在现实中，他们遭到憎根，大概这些老师受雇佣和训练，恰恰就是为了尽力去阻碍出色的自由人物的成长，阻碍伟大的光辉业绩的产生吧。

因此，我在我和我的远大目标之间所看到的只是深渊而已。对我来说，一切都变得不确切，一切都变得毫无价值，仅存在一个事实：我要成为一个诗人，不管是难是易，都要受到嘲讽和赞美。这一决心的形成——倒不如说这一命运——导致了下述结果。

我十三岁那年，那场冲突刚开始不久，我的行为使我不论在家里还是在学校，他们都希望把我放逐到另一个城市的一所拉丁语学校去。一年之后，我成了一所神学院的学生，学习写希伯来语字母，而当我几乎已经掌握何谓Dagesh forte implicitum〈1〉时，突然心血来潮，逃离了神学院，结果受到严厉的禁闭和开除学籍的处罚。

后来我到一所普通中学用功了一段时间，使我的学业有所进步，可我在那里的结果也仅仅是禁闭和开除学籍。接着在一家商店当了三天学徒，随后又私自逃走，让双亲因我的失踪而担心了几天几夜。接下来，我给父亲当了半年助手，又在一家机械工厂和一家钟表工厂当了一年半学徒工。

总之，有四年多的时间，我的一切都是命中注定的，都是倒

〈1〉 Dagesh forte是希伯来语中的一种语法现象；implicitum是拉丁语，意为内涵。

霉的，没有学校愿意收留我，没有一门学业能坚持到底。任何一种把我培养成才的尝试，结果总归是失败，发生了一次次耻辱和丑闻，到头来不是逃走就是被开除。然而不论在何处，人们都承认我很有天才，甚至不得不说我有一些真诚的意志。我始终不大勤奋，总是怀着那种羡慕高贵的惰性，但是我永远不会成为他们中的能手。从十五岁开始，无学校可进时，我就一心一意地自修。我很幸运和快乐，因为在我父亲的屋子里有祖父的丰富藏书，整个大厅里全是古老的书籍，其中也有德国十八世纪全部的文学书和哲学书。我在十六岁到二十岁之间，不仅在纸上写了大量早期的诗歌作品，也在那几年中读完了一半的世界文学，还顽强地钻研艺术史、语言和哲学，收获之丰富绝不亚于正规的课堂学习。

后来为了能够独立谋生，我成了书店店员。我和书籍的关系比和老虎钳和齿轮的关系要好得多，我当机械工人真是受尽折磨。最初一段时间，我游弋于那些新鲜的、时髦的文学作品的海洋中，那高涨的潮水，几乎令我心醉神迷。但是过了一段时间后，我很自然地发觉，一个人的思想只停留在当代，停留在新鲜的、时髦的书中，对人的精神生活是无益的，只会使精神生活更贫乏，只有和过去、历史、古老、原始保持稳定的联系，才可能有真正的精神生活。于是我在第一阶段的满足之后，便渴望从新书的汪洋大海中回到古代，因而我又从新书店转移到旧书铺。不过职业对于我只是混日子而已，所以总不能维持长久。我二十六岁取得第一批文学成果时，就放弃了那个职业。

经历了如此多的风暴和牺牲，现在我终于达到了目的——我居然成了诗人。原先这好像是根本不可能的，事实上，这是我与世界进行长期的坚忍斗争后所取得的胜利。我在校园时期和成长岁月里的种种灾难，常常使我濒于毁灭，现在都已成为过去，可以一笑置之，连那些曾认为我不可救药的亲戚和朋友，现在也朝我亲切微笑了。尽管我干的是最愚蠢和最无价值的事，我还是胜利了，而且别人也像我自己那样为我的成功而兴高采烈。直到这时，我才发觉自己多年来始终生活在何等可怕的孤独、禁欲和危险之中，受尊重的温暖气氛使我舒适，我开始成为一个满足的人。

因而，我的外在生活有一段时间很美好，既平静又舒适。我有妻子、儿女、房屋和花园。我写作，被认为是一个可爱的诗人。我和世人和平相处。1905 年，我协助创办了一份杂志。这份杂志以反对威廉二世政权为主要目的，而我竟没有认真地考虑过这个政治目的。我愉快地游历了瑞士、德国、奥地利、意大利和印度。生活的一切似乎都有条不紊。

1914 年那个夏季来临了，我忽然看到里里外外完全改变了。我发现一直美好幸福的生活竟建立在不安全之上，因而开始往下坡走，开始发生巨大的动荡。这个所谓的伟大时代诞生了，我不能说别人比我对这个大时代更有准备，对待得更恰当、更好。当时，我和别人的区别仅仅是我对此缺乏伟大的温情，而别人那么满怀热情。因此，我再度成了问题，和周围的世界产生了矛盾，我得再一次进学校学习，我必须再一次以自己为满足，而忘却周围世界。正是这次经验，我才跨过门槛进入了生活。

我永远不会忘记第一次世界大战期间那次小小的经历。为了适应已经变化的世界，我想方设法要当一个志愿者，这完全符合我当时的情况。那时，我为寻求一种可能性，拜访了一所规模很大的军医院。我在那所伤兵医院里认识了一位老小姐。她过去在富裕家庭里过一种悠闲的生活，现在却当了护士。她十分激动地告诉我，她居然得以经历这个伟大时代，真是高兴和自豪。我很理解，像她这样的女士是需要战争的，战争可以让她从懒惰的、完全自私自利的老处女生活中走出来，过一种积极的、有价值的生活。但是当她向我陈述她的幸福时，走廊里躺满了包扎着绷带、身体扭曲的伤兵，病房之间躺满了折手断脚和垂死的人，令我心痛如绞。我很理解这位老小姐的热情，却不能分享，更不能赞同。倘若需要十个受伤者才能产生出这么一位热情的护士，那么为这位女士的幸福付出的代价也未免太高了。

不，我绝不能分享这个大时代的快乐，于是我从战争刚开始就饱尝苦恼。数年来，我绝望地抵御着显然来自外界、降自上天的不幸，这时，我周围世界所发生的一切对这种不幸好像充满了愉快的狂热。我读着作家们写的报刊评论、教授们写的号召书以及著名的诗人们在书房里炮制的战争诗篇，他们都为战争祝福，这使我变得更为痛苦。

1915 年的一天，我公开说出了关于这场灾难的认识，而且表示遗憾，因为连那些所谓有知识的人也不知所措，只知道宣扬憎恨，传播谎言，还赞颂这场巨大的灾难。我这些相当谨慎小心的控诉引起的后果是，我在自己祖国的报刊上被宣布为叛徒。这对我来说还是一件新鲜事，因为尽管我和新闻界接触很多，但是这种为大多数人所排斥的情况，过去我从未经历过。在我的家乡，有二十家报纸转载了那篇抨击我的文章，而我所有的朋友——我相信许多人和报界有关系——只有两个人敢于为我辩护。有些老朋友告诉我说，他们过去在胸中都养着蛇，今后只把赤诚之心奉献给恺撒和帝国，再也不受我的堕落论调欺骗。诽谤我的匿名信纷纷寄来，而出版商也通知我说，一个具有如此可鄙意识的作家是他们所完全不需要的。在众多信件中，我还看到了一件过去从未见识过的小小工艺品，那是一个小小的圆印章，上面刻着：上帝惩罚英国吧！

人们以为我对这种谬误定然会付之一笑，可是我笑不出来。这一微不足道的小事却是我生平中第二次巨大变化的结果。

人们记得我的第一次变化是我决心让自己成为诗人的片刻。此刻之前一直是模范学生黑塞，此刻之后成了一个坏学生，他受惩罚，被开除，到哪儿都闯祸，害得自己和双亲忧心忡忡——一切只因为他与这个世界，不论过去还是现在，都感觉不到有任何和解的可能性，现在，同样的情况在战争年代又重演了。我再度看到自己与一直和平相处得好好的世界发生了矛盾。一切似乎又沦为失败，我又变得孤独和痛苦，我所讲的和写的一切又被别人满怀敌意地误解了。在现实和我认为是希望、理性和善良的事物之间，我又看见了一道无法逾越的鸿沟。

这回，我不能再逃避反省了。没多久，我就痛苦地发觉，要解脱令我烦恼的罪责不能求诸外界，只能靠自己。因为我知道人或神都没有权利责备这整个世界的疯狂和野蛮，尤其是我，更无权利。倘若我对抗这整个世界的潮流，那么必然会首先引起自身各种各样的紊乱。显而易见，事实上确实存在着一场大紊乱。可清理这种紊乱并寻求整顿，不是愉快的事。因为首先明摆着一个事实：我和整个世界都曾生活于其中的美好的和平，现在不仅要付出过高的代价，而且也像世界表面的和平一样早就腐败变质了。我曾相信，由于青年时代的艰苦奋斗，我在社会上获得了地位，并且已经是一位诗人了。其间，成功和顺境常给我的影响，曾经非常满足、懒散，而当我仔细观察时，我发现诗人和通俗作家几乎没有什么区别。我的好时光消逝了，现在正面临逆境，这往往是良好而有活力的学校，现在处处是忧患，我因而学习了很多很多，懂得世界上的矛盾应该顺其自然，才能够在全部的混乱和罪行中从事自己的一份工作。这份工作就是我留给读者的许多文章。我总暗暗抱着希望，随着时间的流逝，希望我的民族，虽然不是全部，有很多觉醒的和有责任感的人会做出相似的检讨。除了谴责和谩骂可恶的战争、可恶的敌人和可恶的革命，大家的心中都有着疑问：我是如何参与罪行的？我还能变得无罪吗？要是每个人都能认识自己的烦恼和罪过，并且与之一刀两断，而不是只在别人身上寻找罪过，那么随时随地都能恢复清白。

当这种新的变化在我的著作和生活中开始表现出来时，我的许多朋友都大摇其头，许多人甚至抛弃了我。伴随我的变化接踵而来的生活景象是，我丧失了我的房屋、我的家庭以及其他一切财产和舒适之物。那段时间，我每天向过去告别，而且每天都惊讶自己居然还能忍受下去，还在活着，同时还总是在这种异样的生活中爱着点什么。然而，这种生活似乎只是给我带来痛苦、绝望和损失。

此外，我还要补充一个情况：即使在战争期间，我也像是有神灵保佑而福星高照似的。当我由于烦恼而感到孤独，直至变化开始之后，我时刻感觉自己命运不济，我诅咒烦恼，却为烦恼所支配，但同时也成为我抵御外界的甲胄和铠甲。我就是在这种可怕的充满间谍行为、行贿技巧和投机艺术的政治环境里度过了战争岁月。当时，这种环境只存在于地球上极少数地方，那就是伯尔尼，这里成了德国、中立国和敌对国三方的外交中心。这个城市转眼之间变得人满为患，而且来的全都是地地道道的外交官、政治掮客、间谍、新闻记者、囤积者和奸商。我生活在外交官和军人之间，我和许多国家，甚至和敌对国家的很多人交往，由间谍和反间谍、密探、阴谋、政治的和个人的事业所织成的网紧紧包围着我，而我在那几年中对这一切竟浑然不觉！我被偷听、被监视、被侦探，有时候被怀疑是敌人，有时候被看作中立者，有时候又被看成同胞，我自己全然不知。很久之后才从各方面听说这些情况，我自己也纳闷，竟能安然无恙地在这种环境中活下来。不过这些都已成为往事了。

随着战争的结束，我的变化以及已达考验的顶点的烦恼也结束了。这些烦恼同战争以及世界的命运再无关系。德国战败了，其实我们在国外的人两年前早就预料会有这个结局，所以此刻毫不惊讶。我完全沉湎于内心和个人的命运之中，尽管我往往觉得这好像和一切人的命运都有关。我在自己身上又看到了世界上一切战争和杀机，看到了一切轻狂、一切粗俗的享乐、一切胆小怯懦，于是首先丧失了对自己的尊重，然后又失去了鄙视自己的能力，我除了静候这场大混乱收场之外，别无他法。我常常满怀希望，常常又濒于绝望，在混乱中重新找到自然和纯真。每一个觉醒的人，真正觉醒了的人，都要一次或多次穿过荒野走一条狭窄的小路——何必对别人讲这些话呢，恐怕是多此一举。

朋友们抛弃我的时候，我时常感到悲伤，却不是愤怒，并常常因此更坚信自己所走的路。我这些老朋友也完全有理由说，我从前是一个富有同情心的人、一个诗人，现在则因自己的问题变得简直让人受不了。当时，我早就不去考虑什么艺术趣味、什么个人性格问题了，我认为没有一个人理解我的话。朋友们责备我，说我的作品丧失了优美与和谐，他们也许是对的。但是我只感到这些话有些可笑——对于一个被判处了死刑的人，对于一个为生活而奔波于残垣断壁之间的人，有什么优美和谐可讲呢？难道我已背叛了自己毕生的信念，根本就不是诗人了吗？难道我从事的全部美学活动都是错误的？为什么不是呢？连这个问题也是无关紧要的。我在这次地狱之行的征途中所见到的大多是欺骗和毫无价值的东西，也许这也是我的职务和才能所形成的错觉吧！当然，这也是微不足道的！而我曾经满怀虚荣和天真的喜悦看作自己使命的东西，已经不复存在。我看到更能挽救我的使命，早就不在诗歌、哲学或其他专业史的范畴之内，它们只是给我内心留下了若干真正富有生命力的强大的东西，只是绝对忠实地保存了我觉得还有生气的若干东西。这就是生命，这就是上帝。几年之后，当这种高度紧张和危险的时期过去之后，这一切便全然不同了，因为当时的内容和名称已经完全没有意义，前天还是神圣的事，今天听来已经变得近乎滑稽。

等到战争对我来说也终于结束时，已是 1919 年春天了，我迁居到瑞士一个偏僻的角落，当了隐居者。由于我一生都热衷于研究印度和中国的智慧（这是我父母和祖父母的遗产），而且我的新经历有一部分也是用东方的形象语言加以表达的，因此常常有人称呼我是一个“佛教徒”，对此我只是一笑置之，因为从根本上看，我对佛教简直是毫无所知。不过这么称呼我也有些道理，其中隐藏着一点真理，这是我稍后才渐渐明白的。可以设想，倘若要求一个人自己选择宗教，那么我一定会从内心深处渴望加入儒教、婆罗门教或罗马天主教。我之所以这样是因为我渴望一种极端，而并非出于天生的亲近感，因为我不仅偶然生在虔诚的新教徒家庭，而且我的性情和本质很合于一个基督徒（至于我现在对基督教义深表反感，这是不相矛盾的）。真正的基督徒可以像反对别的宗教一样反对自己的宗教，因为他的宗教的本质告诉他，发展应比存在更加予以肯定。就这一意义来说，佛似乎也就是基督徒吧。

自从大战引起的那次变化以后，我对自己的诗人地位以及文学的信念都被连根拔起了。写作不再带来真正的欢乐。但一个人终究需要有欢乐的，无论怎么困难，我一直在寻求欢乐。我可以放弃生活中和世界上的一切正义和理性，我看得非常清楚，纵使世上没有这些抽象的东西，也可以活得好好的。但是我不能放弃一点点欢乐，相反，我还要追求这一点点欢乐。它在我心中点燃起那一丛小小的火焰，给予我信心，让我认为这小小的火焰重新创造一个世界。我常常从一瓶葡萄酒中寻求我的欢乐、我的梦幻和我遗忘的东西，它常常给予我很大的帮助，真应该赞美它。不过这是远远不够的。你看，有一天我发现了一种全新的欢乐。我已经四十岁了，却突然开始学画画。我并不认为自己是一个画家，或者将成为一个画家。但绘画本身是一件美妙的事，能使你更为快乐、更有耐心。绘画不像写字会沾一手黑墨水，倒是会沾上红色和蓝色。我学习绘画也使许多朋友不高兴。我不予理睬——事情总是这样，但凡我做了一些自己感到需要的、幸福的和美好的事情，这些人总要不高兴。他们希望别人永远是原来的面貌，不允许有丝毫改变。可是我不接受，只要感到需要，我会常常改变自己。

也有人对我做另一种责备，似乎也十分正确。他们指责我缺乏现实感。他们说我写的诗、作的画都不符合现实。我写书的时候常常忘记有教养的读者对一本正确的书提出的一切要求，而且不尊重现实。我觉得现实最不需要人们充分去注意，因为现实的存在已经够麻烦的了，而要求我们注意和思考更美好和更必要的事情，才是永远客观存在的。生活于现实中的人们永远不可能满足，如同人们在任何情况下都不可能崇拜和尊敬现实一般，因为现实是一种偶然，是生命的垃圾。对于这种可怜的、令人失望和荒芜的现实，我们除了否定之外，别无选择。同时，我们显示出比这种现实更强。

人们屡屡指责我的诗歌缺失对现实的最普通的尊敬，而在我绘画时，树有脸，房子在笑或在跳舞、在哭泣，但是那棵树究竟是梨树还是栗树，多半看不出来。我必须接受这个批评。我承认，连我自己的生活也经常像是一个童话，我时常看见和感到外在世界和我的内在世界存在于我称之为有魔力的关联与和谐中。

我还做过好几次傻事，比如有一次我对著名诗人席勒发表了一些无伤大雅的言论，立即招致整个南德的九柱戏球俱乐部发表声明，骂我是神圣祖国的亵渎者。不过现在我已学乖，多年来再也不发表任何有渎圣贤和惹人恼怒的言论了。我认为这是自己的进步。

当前这种所谓的现实对我来说毫不重要，过去常常像现在一样充满我的内心。现在似乎无限遥远，所以我也无法像多数人那样，把未来和过去做截然的分割。我常常生活在未来之中，所以我也没有必要把我的传记结束在当前的日子，而是听任其慢慢地继续前进。

我将简要地叙述这一生的轮廓。在1930年以前，我写了一些著作，后来就永远放弃了。我是否可以算作一个诗人？这个问题由两个用功的年轻人在两篇博士论文中进行了探究，但没有给予解答。其结果是对当代文学做了谨慎的观察，发现造就诗人的流动的意象还极其稀少，于是在诗人和文学家之间几乎看不出什么区别。由于这一客观鉴定，这两位博士学位申请者得出完全对立的结论。有一位青年是比较有同情心的，他认为这等可笑而浅薄的诗实在算不上诗，作为纯文学也实在没有存在价值，至于今天还称之为诗的那些东西，还不如让它们静静地死去！另一位青年是一个诗歌的绝对崇拜者，认为即使极其稀少也同样值得崇拜，所以他认为，与其不公平地错误判断一个可能有一滴真正巴那萨斯[1]的血的诗人，不如谨慎地承认一百个非诗人作家。

我先是主要从事绘画工作和研究中国魔术，但尔后几年中又渐渐沉浸于音乐之中。我晚年的野心是想写一部歌剧，其中要写的人生很少有所谓的真实性，甚至还要加以嘲讽，但现实是要它以神性的象征、轻浮的服装大放异彩。我经常以魔术来解释人生，我从来不是一个“现代人”，而且常常把霍夫曼的《金罐》，或者甚至是《海因里希·冯·奥弗特丁根》当作较之所有世界史和自然科学史（更确切地说，我也时常从这些书中读到极为吸引人的寓言故事）更有价值的教科书。现在我又开始了一个时期的生活，在这个时期里，不断地发展和区别一个完整的又有充分差别的性格已经毫无意义，代之的课题是，让有价值的自我重新在世界中沉沦，同时面对暂时性把自己列入永恒而超越时代的秩序中。要表达这种想法或这种生活气氛，似乎只有用童话的方式才能实现，而我认为歌剧是童话的最高形式，这大概是因为我不再真正相信那种遭到滥用和僵化的语言具有语言魔力的缘故吧，不过音乐在我今天仍是一棵生气勃勃的树，树枝上能够结出天堂的果实。我

〈1〉 巴那萨斯：希腊中部山名。
相传系司文艺的缪斯女神所居之处，常用以象征诗人。

想在歌剧中写出我在以往的文学作品中从未完全成功地表现过的东西；我要给人类生活带来高尚和喜悦的意义。我将赞美大自然的纯洁和无穷无尽，表现自然的全部，从不可避免的烦恼转向相反的精神层面，这样，在自然与精神两极颤动的，就如同一道明朗的彩虹那样轻松而完美地表现出来。

可惜我未能完成这部歌剧。它的遭遇和我的诗歌的遭遇一模一样。我不得不放弃我的诗歌，因为我看到《金罐》和《海因里希·冯·奥弗特丁根》中把我认为值得一讲的重要东西，早已比我能做到的清晰千倍地讲明了。我的歌剧情况也同样。我花了好几年工夫把音乐上的许多问题研究清楚，歌词的草稿也大部分完成之后，当我再次尽量深入地推敲这部作品的意义和内容时，我突然觉察到，这部歌剧实在没有什么可追求的，因为《魔笛》[1]早就巧妙表现了。

于是，我把这件工作搁置一边，全心全意地转向实际的魔术实验。如果我成为艺术家的梦想已经落空，既不及《金罐》，更比不上《魔笛》，那么我生来只好当一名魔术师了。我早就充分探讨了《老子》和《易经》中的东方之道，为了能够确切地认识所谓现实的偶然性和可变性。现在，这种现实已通过魔术而成为我的思想，我必须承认自己从中获得了很多快乐。同时，我也必须

〈1〉《魔笛》：奥地利著名作曲家莫扎特的歌剧。

承认，我并不总是把自己局限在人们称之为白色魔术的那个迷人的花园里，有时也被身上那丛生动的小小火焰引向黑色魔术那边。

当我年逾七十高龄时，有两所大学刚刚授予我荣誉博士的光荣称号，我却因为用魔术引诱了一个少女而受到法庭审判。我在监狱中请求允许绘画，被得以批准。朋友们给我送来颜料和画具，我在狱室的墙上画了一幅小小的风景画。就这样，我再度回到了艺术世界，我曾作为艺术家体会过搁浅的滋味，却丝毫不能阻挡自己再次饮尽这杯香甜的美酒。我又像一个玩耍的孩子，在眼前筑起一座小小的可爱的游乐世界，让自己心满意足。我再度抛弃一切智慧与抽象，而探索创造万物的原始乐趣。于是我又开始绘画，我调和颜料，我浸润画笔，我再度怀着狂喜汲饮所有这些无穷无尽的魔术：我把色调明亮快乐的朱红色，把丰盈纯净的黄色，把深沉动人的蓝色，把这一切像音乐一般融入最遥远、最浅淡的灰色中。我幸福而孩子气地进行创造游戏，就这样在牢房的墙上绘了一幅风景画。这幅画几乎包含了我一生中所有使我欢乐的东西，有河流、山谷、海洋和云彩，还有正在收割的农民以及其他许多喜爱的美好事物。这幅画的正中还有一条小小的铁路向外延伸，往上伸向一座山峰，尽头就像苹果里的蛀虫似的钻进了山里，火车头已经驶进小小的隧道，从那拱形洞口处冒着一股烟雾。

我的游戏从未像这回使我如此入迷。我忘乎所以地回到艺术中去，不仅忘记自己是一个犯人、被告，除了终身监禁外看不到还有其他前途，我甚至常常忘记自己的魔术练习。当我用一支细小的笔画出一棵小小的树、一朵淡淡的云时，便觉得自己就是魔术师。

同时，我把所谓的现实完全破坏了，我的一切努力、我的梦想受到嘲讽，并且一再遭到毁灭。几乎每天都有人来唤我，在监视之下把我带到非常可憎的地方。那儿，在堆积如山的文件中坐着一些非常可憎的人，他们质问我，他们不愿意相信我，他们粗暴地呵斥我，一会儿像对待一个三岁的儿童，一会儿又像对待狡猾的犯人。人们想要认识这个由办事处、纸张、公文所组成的奇特的、地狱一般的世界，并不需要当被告。在人类不得不以奇怪的方式创造出来的一切地狱中，这个地狱在我看来是最可怕的。只要你想迁居、结婚，想申请护照或户口本，你就站在这个地狱之中了；你必须在这缺乏空气的纸张世界中度过许多不愉快的时间，你不得不受到那些无聊的却又匆忙而可憎的人的盘问、呵斥；你发现连那些最简单、最真实的陈述也得不到信任，他们会像对待一个顽童或对待一个犯人般对待你。是的，这是每个人都知道的。若是没有我的画具不断安慰我、满足我，若是没有我的画、我的美丽的小风景带给我新鲜空气和生命，我早就在这个纸张的地狱里窒息与枯萎了。

有一次，我正站在狱中的这幅画前时，看守又送来了那无聊的传票，要把我从幸福的工作中拉开。那个时期，我对世上一切繁忙活动和整个蛮横而无聊的现实感到非常倦怠，甚至有点厌恶。我觉得当时正是结束我的苦恼的时候。如果不许我清清静静地玩我的纯洁无辜的艺术家游戏，那么我只能献身于一生中曾为之服务了那么多年的那种更严肃的艺术了。没有了魔术，这个世界便不堪忍受。

我想起了中国的一个准则，屏息一分钟，然后把自己从现实的幻觉中解救出来。于是，我和蔼地请求看守们稍候片刻，因为我必须登上画中的小火车去察看察看。他们像惯常那样笑了，认为我已经疯了。

这时，我变小了，走进了自己的画中，登上那列小火车，随它一起钻进了黑色的小隧道，片刻后还可以看到从那圆洞里冒出白色的烟雾，但是一转眼就不见了，而那整幅画连同我自己也都无影无踪了。

看守们不知所措地站在那里。

图书在版编目（CIP）数据

悉达多 /（德）赫尔曼·黑塞著；张佩芬译．— 南京：江苏凤凰文艺出版社，2020.10
ISBN 978-7-5594-5145-3

Ⅰ. ①悉… Ⅱ. ①赫… ②张… Ⅲ. ①长篇小说－德国－现代 Ⅳ. ①I516.45

中国版本图书馆 CIP 数据核字（2020）第 164844 号

悉达多

[德]赫尔曼·黑塞 著　　张佩芬 译

责任编辑　白　涵
选题策划　麦书房文化
装帧设计　付诗意
责任印制　冯宏霞
出版发行　江苏凤凰文艺出版社
　　　　　南京市中央路 165 号，邮编：210009
网　　址　http://www.jswenyi.com
印　　刷　北京盛通印刷股份有限公司
开　　本　880 毫米 ×1230 毫米　1/32
印　　张　5.5
字　　数　103 千字
版　　次　2020 年 10 月第 1 版
印　　次　2020 年 10 月第 1 次印刷
书　　号　ISBN 978-7-5594-5145-3
定　　价　28.00 元